从前慢，一辈子只够练好一门手艺。我无写史的野心，却想为这些民间艺人立传——这些卑微的人，冬练三九，夏练三伏，呕心沥血，生命与手艺融为一体，留下一件件精美的艺术品。

大地上的灯盏

江少宾——著

黄山书社

图书在版编目（CIP）数据

大地上的灯盏 / 江少宾著. -- 合肥：黄山书社，2020.11

（原乡人系列）

ISBN 978-7-5461-9381-6

Ⅰ.①大… Ⅱ.①江… Ⅲ.①散文集—中国—当代 Ⅳ.①I247.5

中国版本图书馆CIP数据核字（2020）第218998号

大地上的灯盏

DADI SHANG DE DENGZHAN

江少宾　著

出 品 人　贾兴权

丛书策划　张月阳

责任编辑　张月阳

装帧设计　私书坊_刘　俊　张俊香

出版发行　时代出版传媒股份有限公司（http://www.press-mart.com）

黄山书社（http://www.hspress.cn）

地址邮编　安徽省合肥市蜀山区翡翠路 1118 号出版传媒广场 7 层　230071

印　　刷　安徽新华印刷股份有限公司

版　　次　2021 年 5 月第 1 版

印　　次　2021 年 5 月第 1 次印刷

开　　本　880mm × 1230mm　1/32

字　　数　140 千字

印　　张　6.875

书　　号　ISBN 978-7-5461-9381-6

定　　价　42.00 元

服务热线　0551-63533706

销售热线　0551-63533761

官方直营书店（https://hsss.tmall.com）

目录

剃头，剃头

一

二十世纪八十年代的乡下，活跃着一批担着挑子专门给人剃头的手艺人。那时候，每一座村庄都有一个专门的剃头师傅，久而久之，剃头师傅之间便形成了一个共识，只在自己负责的村子混饭吃，绝不染指其他人的地盘。给牌楼剃头的，是一位年过半百的老师傅，大名胡福来。看到他的挑子远远地进了牌楼，大家就喊："胡福来来了！"那个多出来的"来"字有些拗口，慢慢地，牌楼人就给胡福来改了名字。胡福来不叫"胡福来"了，叫"胡福"；"胡福来来了"也就变成"胡福来了"，"福"字和"来"字中间有一个短暂的停顿。胡福来先是一愣，很快就明白了其中的究竟。明白过来的胡福来并不较真，黝黑的脸上堆着老好的笑。

胡福个子不高，印象里，至多也就一米六。但他的儿子却毛竹似的，噌噌噌，长到将近一米八。胡福每次来，总要带着这个毛竹似的儿子，让儿子跟着自己学。但胡福剃头的时候，儿子总是蹲得远远的，无所事事地摆弄着地上的落叶和树枝，或者想方设法地阻止列队搬家的蚂蚁……一开始，大家以为毛竹光长个子没长脑子，也就是孬子，渐渐地大家才发现，毛竹其实一点都不孬，只是和胡福一样不喜欢说话。胡福虽然不喜欢说话，手艺却无可挑剔，尤其是修眉毛。胡福修过的眉毛不像是修出来的，像是画出来的。这是胡福祖传的绝活，只有那些上了年纪的老人和即将出嫁的大姑娘，才有资格舒舒服服地靠在椅子上，请胡福赏脸露一手。这又要说到另一个不成文的规矩了。手艺人大多有些绝活，剃头师傅也不例外。在唐庄剃头的朱师傅，绝活是剃婴孩的毛头。婴孩的毛头是很难剃的，只有老师傅才敢动手。婴孩畏惧冰冷的剃刀，又不明所以，时常大哭大闹，朱师傅却能一只手稳住婴孩的脑袋，另一只手飞快地游走着剃刀。看着一缕缕乌黑的头发纷纷飘落，那个被稳住脑袋的婴孩居然不哭也不闹，片刻之后，婴孩的模样就变了……因为有了这些绝活，剃头这门手艺通常只是传后。外姓人如果想拜师，那必得先入赘，做师傅的上门女婿。

毛竹是胡福老来得的子。上面梯田似的，码着四个姐姐，毛竹是老幺，胡福心里宝贝着，便想将手艺传给这个经常旷课最终主动辍学的小儿子。谁知道毛竹根本不买老子的账，让他跟着也愿意跟着，但跟着归跟着，就是不学。于是，胡福剃头的时候，胡福忙胡福的，毛竹玩毛竹的。

乡下，无非就是花花草草，无非就是飞禽走兽。毛竹所谓的“玩”，其实就是闲极无聊，打发时间，自己给自己找乐子而已。毛竹玩得太专注了，专注的毛竹，看上去就是一个孬子。孬子一样的毛竹让胡福的气不打一处来，他停下手中的活计，从外围悄悄地包抄过去，出其不意地扇儿子几大耳光，“打死你个不争气的！×东西……”儿子从来没有还过手，他摸着脸，低着头，飞快地闪到一边，倔强地看着愤怒的老子。不还手的儿子赢得了大家的无限好感，大家便七嘴八舌地数落着胡福，这个说，这孩子多乖啊！你怎么舍得打？那个说，不学就不学，还愁吃不饱饭吗？如此等等。“×东西”原来是个宝啊！村民们无原则的吹捧，让胡福一面生气，一面窃喜，出来剃头，依旧带着那个“不争气的”。

既然还带着，就得有个说法，于是胡福就让儿子专门给自己挑挑子，挑到地方之后，依旧是胡福忙胡福的，毛竹玩毛竹的。渐渐地大家也就看穿了胡福的心思，这是胡福变着法子在给儿子补身体。手艺人，吃的是百家饭，乡里乡亲的，谁家也不少那几碗。看穿了大家也不好说破，多一个毛竹，无非是再添一双筷子。毛竹吃饭从来不坐桌子，他饭量大，每顿必得两大海碗。吃饭时，毛竹直接从主妇手里接过碗，红的红，绿的绿，高高地码到了碗口。接过碗的毛竹响亮地咽着唾沫，走到门外，一仰头，几乎直接倒下去，仿佛喉咙下面接着一个漏斗。毛竹的吃相令人瞠目，每到饭点，总有人悄悄地蛰伏在远处偷窥。再看胡福，却在桌子上抿着小酒，抿一口酒，吃很少的菜。

父亲每次劝菜，胡福都心不在焉地看向门外。门外，毛竹正如饥似渴地端着海碗。胡福心里过意不去，嘴上却不好说。

母亲喜欢做红烧鲫鱼。每次给毛竹夹菜，胡福都不放心地盯着母亲手中的筷子：“不要鱼。他不吃鱼。”毛竹的漏斗也是肉做的，鲫鱼多刺，直接倒进去是一件很危险的事。毛竹不说话，脸红着。

每次忆及这一幕，我的眼前总会浮起胡福那张黝黑的脸。他的谦恭近乎卑微，既酸楚，又可怜。

二

剃头成为一个行业，是从清朝开始的。老北京歇后语说“剃头挑子一头热”，是说挑子的一头放着凳子和各式各样的剃头工具，这是冷的一头；另一头是个长圆笼，里面放一个小火炉子，火炉上面还有一个盛水的广口黄铜盆，这就是热的一头。这种“一头热”的剃头挑子和努尔哈赤一同入关，因此，最早的剃头匠人都是兵。汉人自古蓄发，看头发极重，认为“身体发肤，受之父母”，动了他们的头发，就像杀了他们的父母一样，大不孝。努尔哈赤入关以后，以剃头不剃头作为归顺不归顺的象征。为了有别于汉人，努尔哈赤下令建州人和归顺的人都剃成月牙式的头，形成明显的标志，以此避免归顺的人“身在曹营心在汉”。当时，反清的人见到剃那种头的人就杀，清人见到不肯剃那种头的也杀，归顺的人既已剃了头，只好死心塌地地跟着清朝。

那时剃头匠人权力极大，看上去平淡无奇的挑子，却令人毛骨悚然。每一副挑子上都挂着一块一尺来长的钢刀布，钢刀布的正面是匠人来回蹭刀的，背面赫然印着十个大字：“留头弗留发，留发弗留头。”据说这也是努尔哈赤的旨意，剃头匠人有权强迫汉人剃头，如果不剃，匠人可以直接取其性命。除了钢刀布，挑子上还有一个物件不可不提，那就是钩子。剃头挑子上的钩子大而且硬，平时用来挂毛巾，剃头匠人洗完头洗完脸之后顺手一挂，便捷，实用。但大而硬的钩子其实另有用处，剃头匠人杀完人之后，要将人头挂在钩子上示众。最早的剃头匠人都是刽子手，他们杀人如麻，心狠手辣。剃头的挑子，成了杀人的刑场。

这样一副剃头挑子，留存着征服者对被征服者残酷杀戮的痕迹，当它徐徐退出历史的舞台，留给世间的，却是另一副改良之后的动人面孔，作为旧风俗的一部分，它从老北京流传到了其他省份。

我没有见过这样的挑子。在我的乡下，走村串户的剃头师傅是不需要带炉子的，无论到谁家剃头，灶上都烧着现成的热水，突突，突突突。那剃头挑子的两头都挑着些什么呢？一头还是剃头用的工具箱，上下两层，两个盒子都不大。讲究一些的师傅，工具箱还要上锁，一个简便的铁搭扣；更精致一些的，比如胡福的工具箱，就挂着一把月牙形的小铜锁。另一头是一只红彤彤的塑料水桶。为什么要挑塑料水桶呢？

每年腊月，是剃头师傅最忙的时候。在传统的习俗里，迎新年都要剃头，而在元宵节之前，又不能剃头，因此，腊月里的剃头师傅时常要起早贪黑，才能保证每个人都能在过年前剃完头。师傅这时候也乐得辛苦，一年忙到头，“剃头钱”要按人头收。这又是乡下一条不成文的规矩，再穷，“剃头钱”也要付给剃头师傅。剃头钱也是债，是债，就不能跨过腊月三十。牌楼人的老话说：“欠一天，穷一年。”剃头其实很便宜，一个大人一年不超过十块钱，娃娃头（牌楼人叫“锅铲头”）只要两块。然而，谁家都有急事，遇上身无分文的时候，只好以物抵债，给米面，给鸡蛋，给腌制好的鸡、鹅或者鸭。这些抵债的日用品，师傅也乐意接受，欢天喜地地接过去，一层层地码在红彤彤的塑料水桶里。一趟收下来，年货都齐了，手头还能节余一些零碎的闲钱。一个手艺人，还图什么呢？乡下人，小富即安，知足了！

因此，快到春节的时候，胡福时常独自拎着轻便的工具箱，瘦高的毛竹扛着装有鸡鸭鹅的塑料水桶，一步一颠地走过牌楼的黄昏。这对个头悬殊的父子各怀各的心思，骂过，打过，也发过毒誓，像一对冤家，到头来，终究离不开彼此。“饿死鬼”投胎的毛竹跟屁虫一样在父亲的屁股后面转了好几年，除了吃遍整个牌楼，他始终不肯传承父亲的手艺。当然，这是后话了。

三

1990 年，我在长江北岸的一座小镇读高中。当时小镇已经有了一家现代化的理发店，理发店的门楼上挂着醒目的招牌——“靓丽发廊”，店门口还杵着一根一米多高的霓虹立柱，“靓丽”转过来，“发廊”转过去，螺旋式上升，令人目眩。店里的理发师是个矮胖的年轻人，顶着乱蓬蓬的栗色的头发，咬着烟，晃来晃去，像一只觅食的火鸡。令我难以忘怀的，是发廊里循环播放的流行音乐：《读你》《再回首》《大约在冬季》《明天你是否依然爱我》《一无所有》《少年壮志不言愁》……每一次路过，我都会下意识地放慢自己的脚步，当真是余音绕梁，三月不知肉味啊！今天想来，正是这家我从来没有进去过的“靓丽发廊”，让我记住并喜欢上了这些老歌。

和“靓丽发廊”比起来，生意真正火爆的，是中学门口的一家小理发店，小镇居民、学生和老师是最主要的客源。理发店的门脸并不大，没有招牌，只在铁皮门上喷着两行六个歪歪斜斜的大字——“改变 从头开始”。在旧作《1990年的乡下小镇》里，我写过这家理发店和理发师许小雪，其中有这样一段描写：

> 理发店里的招贴画，来自省会合肥的一所美容美发学校，据说许小雪自己就是从这个学校结业的。这些我们从来没见过的招贴画哗啦啦地向我们打开了另一个世界，这个世界里有栗色的、火红色的、金黄色的头发，还有我们当时谁也不认识的周润发、张曼玉、王祖贤和林青霞……

改变，从头开始。许小雪先是慢条斯理地洗头，然后是慢条斯理地修剪、吹风，最后，许小雪还要在你的头部轻柔地按摩几分钟。躺在转椅上的那个人第一次成为“上帝”。简直不敢相信。几乎无所适从。当“上帝”的屁股恋恋不舍地离开那个转椅，整个人从头到脚都变了，神清气爽，焕然一新。这样一套完全有别于走村串巷的剃头师傅的做法，让年轻而清纯的许小雪成了一个明星。因为许小雪，宁静的小镇啸聚着一群又一群不良少年。他们围着许小雪打转，相互争风吃醋，约架，决斗，群殴。最终，一个月黑风高的夜晚，他们结伴捣毁了许小雪的理发店。

许小雪关门歇业之后，小镇上又新开了两家灯火通明的发廊，几乎与此同时，破罡街上也出现了第一家发廊。这些发廊在让人耳目一新的同时，也让剃头挑子渐渐失去了市场。剃头挑子究竟销声匿迹于哪一年，没有人能够说得清，除了那些无可奈何的剃头师傅，估计也没有人觉得这是一件值得拿出来说说的事情。当“日出而作，日落而息”的乡亲们，终于有闲钱去破罡街上的“改美理发”理发时，一个属于胡福的时代，不可逆转地谢幕了。

胡福，那个领着毛竹走村串巷的老人，在新世纪前夕含恨离世。老人离世时，竟没能等来自己唯一的儿子。他白天等，晚上等。他等啊，等啊，悬着一口令人揪心的长气。他等啊，等啊，身上都臭了，头发窠里，蠕动着饱满的白蛆。内衣上，粘着一道又一道血丝……

作孽啊！胡福的悲凉遭遇让牌楼人异常愤怒。儿子不给老子送终，这是牌楼人眼里的“大不孝”，男女老少都能指着鼻子骂的。但杳无音讯的毛竹听不到乡亲们的骂声，即便是听到了，大约也会报以几声冷笑。婚后的毛竹长时间无所事事，他既不肯传承父亲的手艺，又不安心做一个面朝黄土背朝天的庄稼人。牌楼人的老话说：“惯子不孝，肥田出瘪稻。”看着儿子坐吃山空、孙女嗷嗷待哺，愁肠百结的胡福终于忧思成疾，一病不起。胡福一倒，毛竹原本应该侍奉在侧，尽人子之孝，但他竟然不辞而别，连老婆都不知道他去了何处。在很久很久之后的传说里，那几年，毛竹先去了浙江，后远走云南，最终在广东犯了事。敲诈勒索，飞车抢夺，传说里的毛竹无恶不作。

如今，将近二十年过去，牌楼人再也没有毛竹的消息，毛竹就算出来了，估计也不敢再回牌楼。久违的牌楼早已物是人非。胡福留给儿子的那栋两层小楼，多少年来，始终“铁将军”把门，门槛石都老了，灰尘积了一尺厚。

在漫长的岁月里，许多物事都悄悄改变了它们原初的样子。比如藏污纳垢的美容美发店，所谓的“美容”，只是一个掩人耳目的幌子，背后的肮脏交易人尽皆知。每次陪父亲去小区附近的美容美发店，父亲总要摸着自己的脑袋，对笑容可掬的女服务员说“剃头，剃头”。笑容可掬的女服务员先是一愣，然后抿起嘴，迅疾地转过身去，偷笑。

父亲的头发少而短，很好剃。父亲也从不挑剔理发师的手艺，他唯一的要求，就是“找个年纪大一点的男师傅”。坐在躺椅上任人摆布脑袋的时候，我不知道父亲是否想起过胡福，应该是想过的。每次，当他蹒跚着脚步，走出音响震耳欲聋的理发店时，总要深长地嘘出一口气。看着父亲的满头白发，我总会忆起那个死不瞑目的老人——夕阳西下，梧桐树纷披万道金光。余晖里的老人像父亲一样将我搂在怀里，一面给我剃“锅铲头”，一面和我说小时候的毛竹，各种顽劣，行迹不堪……往事历历在目，我竟已是中年。和故乡一样，那些剃着“锅铲头”在牌楼的岁月，我是再也回不去了。它们百折千回，剪不断，理还乱。

指尖上的舞蹈

“边上都烂了，怎戴啊？你看……”二哥站在雨檐下，扬着手里的斗笠，对母亲抱怨。母亲接过斗笠，迎着光，小心翼翼地摩挲着斗笠的边沿，“还好，还能用。不知道打篾的什么时候来耶？”母亲一面自言自语，一面又把斗笠递给了二哥。二哥十七岁就辍学务农了，懂事早，他知道，戴这样的斗笠下地干活，母亲比他还要发愁。二哥默默地接过斗笠，戴在头上，系好带子，赤着一双脚。“文才——你怎么不穿胶鞋啊？”母亲冲着二哥的背影喊，二哥赤脚踩在雨地里，噗嗒，噗嗒，噗嗒。母亲望着墙角的大胶鞋，又望着二哥远去的背影，怅然若失。二哥的背影从村口的石拱桥上慢慢矮下去，矮下去，很快被无边无际的雨幕完全吞没。石拱桥下激流翻滚，裹挟着枯枝败叶和沿岸崩塌的泥沙，向白荡湖一路奔腾。石拱桥的外围是牌楼人赖以谋生的田野，一代代牌楼人在其间耕作，像熟悉自己的身体一样熟悉每一条沟渠和田埂。田野一片白茫茫，刚栽的秧苗被暴涨的雨水连根拔起，在汪洋中浮荡。连天扯地的雨，将村庄抬起来，将河流抬起来，将人和树抬起来，慢慢沦陷的，是无可救药的田野。

二哥一走远，母亲开始翻箱倒柜，凉席、竹床、竹篮、淘米箩、稻箩、筛子、簸箕……全被母亲从犄角旮旯里找了出来。看着一地大大小小的竹器，我们便知道，南葛集那个“打篾的”就要来了。南葛集的人都姓葛，只有“打篾的”单门独户，姓赵。背后我们都喊他“打篾的”，当面我们都喊他“赵师傅”。“打篾的”就是篾匠。篾匠是一门古老的手艺，《诗经·小雅》中有“尔牧来思，何蓑何笠”的诗句，牧童放牧时头戴笠帽，说明早在西周时期，就有了会编笠帽的篾匠师傅。在两千多年的历史沿革与时代变迁里，从竹楼到竹简再到日用的竹器，竹器编织是人类文明的重要象征之一，一代又一代篾匠，用他们的智慧和血汗，改变了人类的生产与生活方式。到我记事的二十世纪七十年代末，队里仍能见到篾匠，盘在树荫下破竹、打篾、编竹器，身边围着一群叽叽喳喳的孩子。

南方多竹，南方人也爱用竹器，今天的皖南山区，依旧有一些会编竹器的老师傅。2012 年暮春，我在绍濂漫游，周遭都是山，绿树浓荫，掩映着盆地上一座巴掌大的小街。和多年前一样，小街依旧毫无生机，斑驳的天光下，一片死气沉沉的铅灰色。在小街独自流连，往事纷至沓来，伤感席卷心间。我掏出手机，逐页翻看漫长的通讯录（一些人多年未联系，他们是一个个没有温度的符号，沉睡在我的手机里），准备联系黄山的友人，却见一个白发老汉挎着一只大号的竹篮子，驼着背，从桥头上闪出来。竹篮子太大了，而且深，像一个洗澡盆。白发老汉看出我的好奇，在我的身边停了下来，缓缓地放下篮子，摸出一根烟（没有过滤嘴），一面慢悠悠地擦火柴，一面仔仔细细地将我从头看到脚。“老人家，我没有见过这么大的篮子。”老汉将信将疑地扫了一眼地上的篮子，警惕的表情终于放松了下来，“这不算大，大的用烂了。”老汉转过身，响亮地擤着鼻涕，擤完了，捻着手指，自言自语似的说：“这个结实，我自己编的。呵呵……”我吃惊地看着老汉，老汉忽然双目圆瞪：“不信？不信你看看我的手……”说罢便将双手摊在我面前，上下翻转着，烤火似的。那是怎样的一双手啊！粗糙龟裂，沟壑纵横，像一截枯死的老树桩。最醒目的，还是手指上的一道道伤痕，它们交错成一张细密的网，触目惊心。

“我握握你的手噢？”老汉笑了，牙床空洞。我握住了，掌心里的老茧码了一层又一层，像一座座鼓凸的小山，干硬，硌人。老汉忽然包起自己的双手，将我的右手囫囵着裹了起来。我想抽手，老汉却很高兴的样子，一双手紧紧地箍着，久久不放，像是久别重逢。我感受到了那双手的温度和力度，有一种砂石磨砺过的粗糙感。粗糙，是沧桑岁月在那双手上烙制的勋章。“手是生活的言说者，是命运的代言人。”（傅菲《手》）再也没有一双手让我那般灼痛，再也没有一双手，让我如此直观地触摸到生活的重量。

篾匠的苦，全在手上。他们是一群用手刨食的人，收入微薄，勉强维持温饱。乡下老人一般都会打篾，有的还会编，一条街，从头走到尾，到处都是卖竹器的人。供大于求，价格自然便宜，一个淘米箩只卖四五角，一担簸箕最多卖三块。篾匠干活几乎不出远门，他们早出晚归，打篾的时候就打篾，农忙的时候就干农活，两不耽误。

每一年，农忙过后，赵师傅就拎着一只方形的竹箱，在村口的机耕路上，甩着一双罗圈腿，中了六合彩一样和人打招呼。赵师傅嗓门大，隔着一条河，大家就知道赵师傅又来打篾了。篾匠是个细致活，手艺好坏，一眼就能看出来——剖出来的篾片要粗细均匀，青白分明；砍的扁担，要刚韧恰当，上肩轻松；编的筛子，要精巧漂亮，方圆周正；织的凉席，要光滑细腻，凉爽舒坦……好篾匠因此无需吆喝，东家还没有做完，西家就已经上门来请了。每一年，赵师傅都要在牌楼起早摸黑地忙活一个月。哪一家请他他都应允，应允了也不出价，“嗨，你看着给，没有就赊着，有什么要紧！”认识的不认识的，他都是这句话。烟不停，手不停，一片打过的竹篾堆在地上，盘在膝上，尖尖的斗笠已经显出了雏形。

我喜欢看赵师傅破竹。破竹是个力气活，只有反复磨炼谙熟其中的诀窍，才能做到成竹在胸，收放自如。赵师傅将一根笔挺的毛竹去枝去叶后，一头斜支在屋壁角，一头搁在自己的肩上。只见他用锋利的篾刀，轻轻一勾，开个口子，再用力一拉，大碗粗的毛竹，就被劈开了一道口子，啪，一声脆响，毛竹裂开好几节。顺着刀势使劲往下推，身子弓下又直起，直起又弓下，竹子节节劈开，“噼啪噼啪”的响声像燃放的鞭炮。很快，篾刀就被夹在竹子中间，动弹不得。他放下刀，一双铁钳似的手，抓住裂开口子的毛竹，用臂力一抖一掰，啪啪啪，一串悦耳的爆响，一根毛竹訇然中裂。

赵师傅破竹，一气呵成，像裁缝撕布，姿势舞蹈般优美。当我后来学到“势如破竹”这个成语时，一下子就想起了游刃有余的赵师傅。

竹子破完之后就要批篾片了。赵师傅的竹箱子里全是宝贝，他连碰都不许我们碰的。四周插着各式各样的篾刀，再就是小锯、小凿子等，还有一件特殊的工具“度篾齿”。度篾齿不大却很特别，铁片打成小刀一样的形状，安上一个木柄，一面凿有一道特制的小槽，它的独特作用是插在一个地方，能把柔软结实的篾从小槽中穿过去。赵师傅批篾片有个习惯，不同式样的篾刀，一把挨着一把叼在嘴上。和破竹相比，批篾片的技术含量更高。从青篾到黄篾，一片竹，普通的篾匠师傅能批出四五层，但赵师傅能批出七八层。竹子剖成较细的篾，最外面一层带有竹子的表皮，行话叫“青篾”，这层篾最结实；不带表皮的篾叫“黄篾”，黄篾不如青篾结实，但需求量大，用途也很广，像箩筐、晒箕的主要部位，一般都用黄篾，而竹器的受力部位，要用结实的青篾。从青篾到黄篾，赵师傅能将一片竹剖得纸片一样轻薄，挂面一样柔软，柳条一样袅娜，挂在树枝上，微风吹过，就像一挂迎风抖动的瀑布……篾片晾干之后，还要再剖成篾条，篾条的宽度，六条并列，正好一寸。这还不算完，篾条还要“拉”，赵师傅将刮刀固定在长凳上，拇指按住刀口，一根篾子，起码要在刮刀与拇指中间来回拉四次。厚了不匀，薄了不牢，厚薄之间的功夫，全凭手指的把握与力度。当光洁如绸的篾条一根根从赵师傅的手中流出时，与其说是篾刀使然，倒不如说是手指砥砺的结果。是赵师傅手上的皮肉，让篾片脱胎换骨，凤凰涅槃。

批好了篾条就能编织了，这是一道很关键的工序。为了不至于功亏一篑，批好篾条之后，有的师傅会光明正大地停半天工，那半天，师傅什么也不干，工钱却一分也不能少。乡亲们懂事理，停工当天，会请师傅喝一顿酒，胡侃海吹，都是一些七荤八素、不着边际的话题。家里请了师傅（篾匠、瓦匠、石匠、剃头匠……都是师傅），除了提供一日三餐，下午还要额外地准备一顿点心。点心都是猪油下挂面，大海碗盛着，两只焦黄的溏心蛋铺在碗口。条件好的东家，每天还要给师傅买一包烟。这完全是东家的心意了，哪怕是两三块钱一包的劣质烟，师傅也不会拒绝。手艺人走村串户，吃惯了“百家饭”，不图吃，不图喝，也不在意香烟的档次，在意的是那一份尊重和体面。

记忆里，赵师傅很少失手，也从不停工，编竹器的时候，总要系一条黑黝黝的粗布长围裙。篾匠的编织活大多在膝盖上完成，围裙必不可少，赵师傅的围裙似乎从来没有洗过，气味复杂，无法形容。然而，我们都有意无意地忽略了这样的异味，在那个单调的童稚世界里，赵师傅就是一个魔术师，只见他手指如梭，上下翻飞，柔软的竹丝一来一往，在他的指间纵横交织，跳跃跌宕，像优美的舞蹈。我们一个个目不暇接，片刻工夫，便已眼花缭乱。硕大的竹垫、圆圆的竹筛、尖尖的斗笠、鼓鼓的箩筐……赵师傅变戏法一样，东家想编什么，他就能编出什么。

沉浸在编织里，赵师傅嘴里的烟几乎没有熄过火。我们的好奇，在赵师傅却是寂寞。我清楚地记得那个雨天，赵师傅在我家的堂屋里编竹席，他先是蹲在地上，编出蒲团大的一片，然后一屁股坐下来，向四周慢慢织开去。一床竹席，要编三到四天，编到这个环节，魅力消失了，魔法消失了，剩下的劳作机械而单调。竹席太大而篾条太小，一小节一小节交织着编过去，一地零乱的篾条像一片汪洋大海，一眼望不到尽头。每当赵师傅从汪洋大海里起身，喝茶，续水，抽烟，上厕所，拿度篾齿……我都在心里暗暗地替他着急，不知道什么时候才能编完。我性子急，受不了这样的慢工，这注定我只能侍候篇幅相对短小的散文，而编织，尤其是编竹席，在我看来就是长篇写作，它不光需要耐心和毅力，甚至还需要超然物外。超然物外，是手艺人的最高境界。民谚说："医生屋里病婆娘，石匠屋里磨光光，篾匠屋里破筛篮。"手艺人，惯为他人作嫁衣，自己往往一无所有。一无所有尚在其次，手艺人都有职业病，篾匠也不例外，"十个篾匠九个驼，还有一双罗圈腿"。成天伏在地上编织，弯腰、曲背，篾匠怎能不驼，又怎能不罗呢？——或许，也只有那些超然物外、心无旁骛的手艺人，才能坚持到底、不离不弃，最终练就一身好手艺吧？

时光磨亮他的蔑刀
剥出层层生命的韧性
和千丝万缕的柔情

坐在岁月的僻静处
编织窸窸窣窣的生活
安排一根竹子有模有样的余生

童心时常从他指尖萌发
一个个精致的小背篓
也许是他最得意的作品

顺着薄如蝉翼的篾条小心摩挲
就能触摸到那些安稳栖息的童年
和摇摇晃晃的梦境

——木又寸《老篾匠》

谁也没有注意到，在破好竹子、批完篾片之后，赵师傅的手上已经贴了五六条虎皮膏药，膏药上渗着斑斑点点的血迹，汗渍弥漫在血迹四周，干了又湿，湿了又干。膏药覆盖着伤口，也覆盖着赵师傅难以言说的苦。农民兄弟的汗水砸进了土里，而篾匠师傅的汗水，耗尽在篾条交织的竹器里。赵师傅的手艺得自于家传，自幼便习惯了这种汗与血交织的生计。从十四岁开始破竹、打篾、编织，他在篾片中摸爬滚打了半个多世纪。一生破了多少竹，打了多少篾，流了多少汗，无法估量，无从统计。他深知其中的况味，既坦然，也从容，一年又一年，幽暗的青春，在单调而寂寞的编织中悄然流逝。

当塑料制品和不锈钢用品先后攻陷了城市和乡村，作为篾匠的赵师傅便从我们的视线里消失了，和“赵师傅”这个尊称一道消失的，还有蓑衣、斗笠、簸箕、稻箩、筛子……这些小巧而精致的竹器，承载着一代代篾匠的智慧与血汗，也承载着一个个农家的希冀与梦想。

2017年清明，我和二哥回牌楼祭祖。记忆里的牌楼，“一水护田将绿绕，两山排闼送青来”。现如今，一栋又一栋老屋在风雨中坍塌，生我养我的牌楼，从里到外，已经被岁月慢慢掏空了。一批又一批年轻人背井离乡，他们从牌楼出走，再也没有回来。被打工的洪流裹挟着，二哥最终也洗脚上岸，偕妻携子，举家迁到了省会合肥。从青年到中年，二哥用含辛茹苦的十年改变了自己的身份，也改变了侄儿和侄女的命运。他已经不再需要斗笠，对那个赤脚下田的雨天，也已经没有了记忆。当我在祭祖的山路上主动聊起这个话题时，二哥苦涩地笑了，他还记得赵师傅的儿子经常逃课、打架，初中勉强混到了毕业，就跟在父亲后面学篾匠。篾匠学了几个月，一双手上全是伤，不想学了，改行去学木匠。木匠学了一年，连板凳的四条腿都打不出来，师傅骂，罚，他一气之下又不学了。前前后后折腾了七八年，最终连一门手艺也没有学成……赵师傅毫无办法，只好随他。我黯然，那是一个手艺很吃香的年代，木匠、石匠、砖匠、篾匠、剃头匠……一技在身的手艺人，格外受人尊重。现如今，随便摆个摊子都能养活一大家人，老一辈牌楼人推崇的传统手艺，已经没有人愿意再学了。民间传统的手艺，已是农耕文明屈指可数的孑遗。

祭祖归来，我意外地遇到了赵师傅，他蹒跚在巢山山麓，头发花白，佝着腰，罗着腿，眼里蒙着一层白翳。我本准备和他打声招呼，“赵师傅”即将出口了，又生生地咽了下去——他已经不是那个受人尊敬的“赵师傅”了，现如今，大家更习惯于喊他“罗锅赵”。他也答，更多的时候只是笑，呵呵呵，牙齿缝里四处漏风。事实上，这个已是垂暮之年的老人已经不在意别人的称呼了，他一个人独居，几乎不出门，一日三餐，以自种的瓜果、蔬菜为主。沉浸在漫长的光阴里，他常年粗衣旧裳，宛如一只竹器。看着老人慢慢远去的矮小背影，我忽然悲从中来，那些被时光改写过的人、事、物，我们终将无能为力。

花开天下暖

初秋的田野色彩丰富，层次分明。站在田埂上举目望去，巢山像一匹戛然而止的奔马，林海举起雄健的头颅，油绿色的鬃毛迎风招展。山顶上，一个硕大的橘子一寸寸滑落，燃烧的云彩绚烂而炫目，像失火的稻草垛。田野深处，暮色慢慢升起来，水波一样向周围荡漾。等我们趟过余晖，饥肠辘辘地回到家中时，祖父已经靠在后院的藤椅上睡着了。入睡的祖父静谧而安详，宛如初秋的薄暮——院墙边，薄雾里，大理花仿佛出浴的美人，懒洋洋地擎着蛋黄色的酒盅；篱笆墙内外，粉红色的木槿花兀自扑簌簌，萎谢也可以是美的，这种朝开暮落的花，启蒙了我最初的美学。晒了一天，后院暖烘烘的，像祖父抱在怀里的火钵。祖父已经八十多岁了，特别怕冷，刚过白露，他就要把火钵从床底下掏出来，让母亲给他生火。母亲是童养媳，服侍祖父几十年，像熟悉柴米油盐一样熟悉祖父的生活习惯。每次接过祖父递过来的火钵，母亲转身就要翻晒祖父的棉袄和棉裤。祖父身量高大，腿长，棉裤夹在晾衣绳子上，像一只迎风招摇的水桶。那件瓦蓝色的老棉袄祖父穿了好多年，胳膊肘子都泛白了，还缝了三四个补丁，但祖父舍不得扔，一直穿到死。

牌楼有给八十四岁的老人做寿衣的习俗（民谚云：七十三八十四，阎王不请自己去），从里到外，春夏秋冬，总共要准备九件。对于牌楼的老人来说，做寿衣和打寿材都是人生的大事，意味着一生的功德终于完满，可以从容而体面地谢幕了。为了这份完满，亲眷和邻里会在开工时上门送礼，收工时上门贺寿。没有人会拒绝这样的寿礼，送的人欢喜，收的人开心，再大的嫌隙也会因为这一份喜庆一笔勾销。祖父八十四岁那年，寿辰之前，母亲请裁缝大胡上门做寿衣，母亲叮嘱大胡说，棉袄和棉裤要实打实的，一两絮都不要减。大胡拎了一把装棉絮的塑料袋，脸上浮起异样的神色。收工那天，祖父从厢房里慢慢踱出来，一面和贺寿的乡亲们打招呼，一面喜滋滋地比试寿衣的长短。这是祖父留给我记忆最深的一幕，他的门牙已经落光了，空荡荡的牙床像枯水期的河滩，皱纹密布的脸庞，宽厚的笑容堆在上面，像一团即将凝固的泥浆。裁缝刚走，祖父就对我父亲说："我就穿那件旧袄子走，旧袄子暖和。新袄子是好看些，就是不大合身……"祖父真是老糊涂了，寿衣嘛，做给活人看的，也就是个心意，有什么合身不合身的？母亲坐在锅洞边默默地垂泪，她心里憋屈，却又毫无办法，只好自己和自己怄气。

祖父后来就是穿着那件老棉袄走的。他活到八十九岁，寿终正寝，是迄今为止牌楼最长寿的人。

习俗是陈规，但裁缝自会量入为出，也惯会看东家的脸色行事。寿衣中所谓的“棉衣”，其实就塞着三两都不到而且还是卖不掉的棉絮子。东家和裁缝心知肚明，彼此心照不宣。只有母亲诚心诚意，为了给祖父做寿衣，她特意留了七八斤二等的好棉。那时候棉花收购站按等级收棉，一等棉价格最高，但一等棉极少，可遇不可求；其次是二等棉，二等棉算是很好的棉了，女儿要出嫁的人家，母亲总要单独拣出来几斤，弹两床陪嫁的新被子；最常见的是三等棉，比三等棉更差的就不收了。不过，传统的乡村是个熟人社会，只要有人的地方就有人情往来。“天底下喝酒的人多了，我就没见过铁桶那号的死德性。我有一句讲一句……”每次说到铁桶，老西总是嗤之以鼻，铃铛一样的大眼珠从烟雾里突出来，仿佛劈面撞上杀父仇人。铁桶是乡长的小舅子，在棉花收购站里负责过磅，棉的等级和重量掌握在他一个人的手里。他如果说“这两袋记二等”，那就得记二等；他如果说“这两袋总共八十斤”，那就是一锤定音。有一年，老西晒在稻床上的几十斤棉淋了场透雨，晒干之后色泽变暗了，像陈棉，这样的棉至多只能卖三等，但老西打通了铁桶的关节，居然按二等棉结算了价钱。“你给他送两瓶酒，看他可过磅？只要不是烂在地里的，他照过不误！我有一句讲一句……”铁桶好酒早已名声在外，每隔一两天，他就要打着响亮的酒嗝，一身酒气地出现在收购站里。

收购站在中学对面，三排白墙黑瓦的老房子，箍出一个长方形的大院子。院子里生着一棵伞状的“痒痒树”（上大学之后我才知道，“痒痒树”还有一个诗意的学名：紫薇），树梢越过了老房子，树底下经常拴着一条大黄狗，汪，汪汪，老远就能听见它低沉的怒吼。初冬时节，最后一茬棉花谢了朵，收购站开始挂牌收购乡亲们晒干之后又重新分拣过的皮棉。每天天刚蒙蒙亮，马路上浮着一团厚雾，影影绰绰的乡亲就在收购站的铁门前排起了队伍。久等太过无聊，认识的，不认识的，都聚在一起扯起了闲篇，方圆数里的稀奇古怪事全都成了谈资，重新加工一遍。等一年来旮旮旯旯里的稀奇古怪事都被大伙翻了个底朝天，大铁门上的链条锁终于“哗啦”一声打开了，喉咙冒烟的乡亲们终于候来一张刚刚醒过来的脸。“往后去，往后去！”铁桶一面打着哈欠，一面指挥人抬地磅，“每天都来这么早，你们不要睡觉的啊？”

我家有三亩多棉花。棉朵开花乳白色，不久转成深红，然后凋谢，留下绿色小型的蒴果，那是棉铃。棉铃内有棉籽，棉籽上的茸毛从棉籽表皮长出，塞满棉铃内部，棉铃成熟时，柔软的纤维爆米花一样从棉碗里膨出来，那就是我们要采摘的棉花。棉花开得繁盛，秋阳下的田野仿佛一片雪白的海洋。这时候，家家户户都要起早贪黑地摘棉，我们兄妹几个也要挑着稻箩，拎着篮子，跟着母亲一起下地。母亲摘棉是个快手，但她每次都要故意慢下来，将动作要领向我们重新示范一遍，“喏，下手要准一点，抠干净一点，棉碗里不要留棉花根子。棉朵上的叶子容易碎（读如

‘细’），不要捏，捏碎了搞不干净，搞不干净就卖不上价钱……”说起来简单的事情做起来却很复杂，我摘棉的工夫还没有耽搁的工夫长。大约是我手笨，每一次，总是把棉絮扯得老长，而且总要在棉碗里留下一两撮棉花根。我只好一次又一次停下来，左手托住棉碗，右手慢慢抠棉碗里的棉花根。经常，母亲已经摘完了一垄地，我还没有摘完半垄。时令虽已入秋，暑气仍未消散，在“秋老虎”的威逼下，枝繁叶茂的棉田成了一个密不透风的大蒸笼。母亲个子矮，脖子以上勉强露在棉田外面，在其间穿行的苦可想而知——我们能看见的苦，是棉枝经常划破母亲的胳膊，血痕历历，看着都痛。另一个我们能看见的苦，是粗布蓝裳湿溻溻地粘在母亲的后背上，湿了又干，干了又湿——她经常独自离开棉田，慢慢走到塘埂边的桦树下，席地而坐，一只手捂着心口，一只手摇着草帽，脸色苍白，热汗淋漓。即便如此，母亲也没有偷过一次懒，一年四季的农活，周而复始的家务，服侍祖父，她一件也没有落下。那时候，我们谁也不曾担忧过母亲的健康，殊不知，育有六个儿女的母亲，已经掏空了自己的身体。

棉花摘回来只是第一步，第二步是分拣，第三步是翻晒。分拣要么在阴雨天，要么就是晚上，一灯如豆，拣着拣着，上下两只眼皮互相打架。太疲乏了，我和妹妹经常不洗脸，不洗脚，直接爬上床。秋天的夜，一夜凉一夜，我时常从梦中冷醒过来，裹上被子，身上的力气又回来了。堂屋里的灯还亮着，朦胧中，我依稀还能听见母亲和大姐的絮语，那么遥远，又那么真切，像妹妹含糊不清的梦呓。

棉花一遍遍吐絮，我们一遍遍采摘，晚秋的棉田终于失去了勃勃生机，像一坐下来就要打瞌睡的老祖父。当黄叶在秋风中兀自翻卷，弹花人背着一张大木弓，一手拿棒槌一手拿碾盘，沿着机耕路慢慢进了村。经常到牌楼的弹花人姓管，我们叫他管师傅，喜欢穿一件的确良的对襟褂子，里面松松垮垮地套着一件灰不溜秋的旧汗衫。管师傅五十几岁，性格开朗，爱说笑，轮廓分明的脸像一片瓦。棉花的原产地是印度和阿拉伯。宋朝以前，中国只有丝字旁的“绵”字，木字旁的“棉”字，是从《宋书》起开始出现的，可见棉花的传入，最迟应该在南北朝时期。棉花开始多在边疆地区种植，大量传入内地当在宋末元初，《宋史》记载：“宋元之间始传种于中国，关陕闽广首获其利，盖此物出外夷，闽广通海舶，关陕通西域故也。”棉花在全国大面积种植始于明初，是朱元璋强制推广的。弹花人作为一门职业，元代就有了，元代王祯《农书·农器·纩絮门》记载，当时弹棉用木棉弹弓，用竹制成，四尺左右长；两头拿绳弦绷紧，用县弓（即悬弓）来弹皮棉。旧时，农村有不少贫苦农民和工匠因生活所逼，整年在外为人弹棉絮，俗称“弹棉郎”。弹棉，牌楼叫弹花，实际是指弹棉胎。棉花去籽以后，再用悬弓来弹，弹成棉被、棉衣所用的棉絮。牌楼的女儿出嫁，嫁妆再少，也少不了两床新棉被。大姐二十八岁才从牌楼出嫁，二十八岁，即便是现在也算晚婚了，更何况是在二十世纪八十年代的乡村。当时牌楼的风气尚未开化，婚姻依旧需要媒妁之言，高中毕业又心高气傲的大姐虽然对后来的姐夫并不满意，但碍于自己的年龄和母亲的规劝，最终还是同意了这

剃头师傅

摄影 / 黄向华

篾匠

摄影 / 张恩水

门婚事。我和妹妹当时都在念书，家里也不宽裕，母亲就思量着，无论如何也要给大姐弹两床新被子。管师傅进家那天，大姐借故去了县城，我和妹妹乐得跟在管师傅后面，看他用棒槌不停地击打木弓上的牛筋弦。梆，梆梆。梆，梆梆。这样的击打声听起来单调，听久了，却也自成节奏，民谣一样有了浑然的旋律。嗡嗡，嗡嗡。棉絮在不间断的击打中慢慢变得蓬松，成了丝絮，从弓弦上弹开，又在堂屋里飞来飞去。我们迷恋这神奇的一幕，管师傅的大木弓，给贫瘠的童年带来了意想不到的欢乐。终于轮到我和妹妹上场了。管师傅让我和妹妹站到他的对面，按照他的指引，将红绿两色的细纱布成一张纵横交错的网格，以固定棉絮。按照民俗，布网格的纱一般都是白色的，但用作嫁妆的棉絮一定要用红绿两色，寓意婚后的日子红红火火，大吉大利。布好纱后，管师傅又用碾盘在棉絮上来来回回地压磨，东家最后抱走的，便是一床平整坚实而又牢固的新棉絮。

弹花其实是个脏活，管师傅虽然戴着口罩，扎着头巾，但只需两个钟头，眉毛就挂了霜，身上就披了一层雪。每次收工，管师傅总要先清清嗓子，吐出几口漆黑的浓痰；再擤擤鼻子，鼻涕也是黑的，隐约可见淡淡的血丝；最后，管师傅还要把脸埋进脸盆里，反反复复地揉搓，清洗，等他抬起头来，水已经完全浑浊了，像刚刚淘完一升米。手艺人进门是要服侍的，递烟，倒茶，端洗脸盆，还要事先准备一条洗脸的新毛巾。有些手艺人爱端架子，东家稍有怠慢，立即甩脸色，磨洋工。每次，母亲都央我给管师傅打洗脸水，倒洗脸水，每次倒水我都要屏住呼吸，太脏了，近乎端着一盆猪潲水。也正因为脏，愿意学弹花的年轻人并不多，弹花的手艺普遍来自祖传。牌楼出过木匠、瓦匠、裁缝、石匠、铁匠、扎纸的、剃头的……就是没有一个人出去学弹花，真是怪事。

在管师傅之前，牌楼来过一个方师傅。那个方师傅“太不把稳了”（方言，不靠谱的意思），弹一会花，就要坐下来抽一根烟，“你弹花，怎么能抽烟呢？”弹花不能抽烟，连母亲都晓得这个规矩。师傅领进门，修行靠个人。坏规矩是他自己的事，让他没脸再来牌楼的，是桂皮的女儿出嫁时，他误用白纱网了陪嫁的新棉絮。桂皮的女婿是个瓦匠，结婚第二年，从十几米高的脚手架上坠下来，脑浆爆裂。可怜桂皮的女儿即将临盆，消息传来，当场昏了过去。桂皮和亲家一起找到出事的工地时，工头已经跑了，偌大的工地只剩一个看门的老人，在工棚里睡得昏天黑地。两人蹲守了一个礼拜，最后，看门的老人送来了五千块钱，摇着桂皮的手，说：“早点回吧，别误了后事……”桂皮拿不定主意，看着亲家，亲家浑身颤抖，蹲下来，抱着头，放声痛哭：“老子养你，还不如养条牛啊……”一条命只值五千块钱，这个血淋淋的现实，比突如其来的死亡还要残酷。桂皮的亲家最终接受了现实，他将五千块钱分成两沓，一沓塞进内衣口袋，一沓塞进随身携带的包裹里。临出门，又在口袋外面按了按，叮嘱桂皮走在他后面。到家之后，桂皮的女儿已经生了，早产，皮包着骨头，像一只猫，亲家没有再提五千块钱的事，之后也没有给过她一分钱。我见过那个遗腹子，和她母亲一样乖巧，也和她母亲一样羞怯。

出事之后，方师傅再没有来过牌楼，第三年吧，管师傅就来了，带着“烧锅的”（方言，某人老婆的意思，如“老西家烧锅的”“桂皮家烧锅的”）。在家歇着也是歇着，帮我搭把手都是好的。每次介绍她，管师傅都要挠头，难为情的样子，仿佛不知道从何说起。东家其实并不在意人数，多个人无非就是多双筷子，工钱都是一样的。几天下来，大家便发现管师傅家烧锅的有些古怪，她不上桌子，大拇指抠着碗，圪蹴在旮旯里，像个要饭的；说话结巴，埋着头，不敢和人对视，像个刚过门的小媳妇。“你家烧锅的，听讲是四川人，不是买来的吧？”老西笑着问。管师傅面不改色，笑着回：“我还用买吗？”老西先是一愣，接着尴尬一笑，迅速转移话题。二十世纪八十年代的乡村，弹花的虽然没有木匠、瓦匠、裁缝师傅吃香，但总归也是手艺人，不愁吃，不愁喝，是媒婆眼里的“香饽饽”，无需担心婚姻大事。

农作物中，我最喜欢棉。棉是母性的。棉被，棉衣，棉鞋，棉手套，棉帽子……棉，温暖如春，包裹我们一生。前些年，偶得白石老人的《棉花图》，明知是赝品，我依旧如获至宝，请人裱起来，挂在书桌对面的墙上。“花开天下暖，花落天下寒。”这是白石老人题在《棉花图》中的两句话，一个“暖”字，时常让我想起秋阳下的棉田，棉田里穿行的母亲，余晖里打瞌睡的祖父，背着木弓拿着棒槌的弹花人，嗡嗡嗡，嗡嗡嗡，遥远的民谣如母亲的催眠曲，依旧萦回在梦里。如今，许多年过去，人与村俱老。母亲和父亲先后离开人世。牌楼早已面目全非，地里已经没有几朵棉花了，年迈的弹花人收起了木弓，棒槌磨出了淡黄色的包浆，成了孙子们的玩具。古旧的风俗一息尚存，比如媳妇即将临盆，婆婆总要缝制一床两斤半重的小抱被，温暖的小抱被如母亲的子宫，婴儿蜷缩其中，恬静而安稳；比如女儿出阁，嫁妆里依旧会有两床喜气洋洋的新棉被，机器轧出来的，盖不了几年，里面的絮子抖抖就散了；再比如老人登仙，遗体上总要覆盖一匹簇新的棉床单，入殓时，依旧少不了一套新棉衣……棉，洁净如雪，慰藉我们的灵魂和身体。可以说，从生到死，我们都离不开棉，棉是我们一世的亲人。

斜风细雨不须归

雨越下越大，屋檐下的雨滴像齐奶奶的纺线，断了又续，续了又断。记忆里的齐奶奶总是一身素净，双颊凹陷，白发齐耳，脑勺上别着一根亚麻色的发簪。她独自住在一间昏暗的厢房里，守着一台老掉牙的织布机，摇啊摇，从麻麻亮摇到天擦黑，周而复始，不知疲倦，仿佛已和织布机融为一体。下雨天不能出门，我们一人一只小板凳，坐在门边上，迎着亮，分拣从地里摘回来的棉花。棉朵婴儿一样窝在棉碗里，仿佛一小蓬绽开的雪。门外雨潺潺，我们心不在焉地拣着棉花，不时有人打门前经过。噗嗒，噗嗒。穿着木屐（我们叫“雨夯子”），撑着雨伞。

雨伞，我们那会儿叫洋伞。那个年代的“洋”字，既意味着来历，也意味着身价。同样冠以“洋名”的物件还有洋装和洋火。洋装不用说了，1984 年春节联欢晚会，张明敏的《我的中国心》唱响了长城内外，红遍了大江南北，“洋装虽然穿在身，我心依然是中国心”；洋火就是生火用的火柴，扁平的小盒子，正面印着七八十年代流行的招贴画，反面多是八个字的名人名言、安全提示语。我家经常用的一种洋火，正面就是一根燃烧的火柴，一小撮鲜红的火苗冲天而起；反面光秃秃的，只在最下方印着“安全”两个字，醒目的红色小楷，大小和如今的二号字差不多。洋火和鸦片一起进入中国，如今，一次性打火机全面占领了城乡，即便是在僻远的山区，洋火也很难见到了。洋伞有什么好的呢？洋伞的伞骨和伞柄都是竹子做的，虽然笨重，却很耐用，举在手里能抗风。那是一个物资匮乏的年代，实用远比美观重要。洋伞用的都是白色的油布，刷了一层厚厚的桐油，雨落在泥黄色的油布上，砰砰，砰砰砰，像一颗颗乒乓球从天而降，又飞溅成一粒粒细小的雨珠。飞溅的雨珠凉阴阴的，像立秋之后菜园里的薄雾。我喜欢听洋伞下的雨声，因此也就喜欢了洋伞，心心念念地盼着下雨，夹着一把洋伞，踩着雨夯子，兴高采烈地出门。这样的机会并不常有，家里只有一把旧洋伞，油布已经褪色了，缝了又补，补了又缝，母亲一直舍不得扔。

新洋伞是一个家庭的奢侈品，使用时自然也倍加爱惜。有人特意央裁缝用剩布缝一个狭长的伞袋，晴天出远门，把伞装进袋子里，挎在肩上，如同士兵背着洋枪。下雨了，取出伞撑开，遇上戴斗笠的，顿时扬眉吐气，仿佛忽然长高了一截。乐极生悲。一阵风来，树枝一挂，或者脚下一滑，一个踉跄，伞破了。

伞破了就得修。“修洋伞纸伞花伞油布伞，有伞修啊。修洋伞纸伞花伞油布伞……”雨过天晴，常见修伞匠背着小木箱，在村子里转悠，到处吆喝。听到这悠长的吆喝声，总有人送来一两把残破的雨伞。生意一来，修伞匠便在树荫下或屋檐旁搁下随身携带的小马扎，打开小木箱，木箱里有绳、线、铁丝、螺帽、钳子、刀子、伞骨、弹簧等七零八碎的物件，在膝上摊开一块围布，套上脏兮兮的袖套，开始俯身干活。修伞，最简单的是打补丁，只要在破损的地方刷上一层桐油，再盖上一层棉纸，然后在棉纸上再涂刷桐油，等桐油干燥后，就算修好了。复杂的是换骨架，缝伞面，甚至整伞重新绷油布。对于修伞来说，这就是大手术了，既费时，也费事，但也只有这样的大手术，才能显出修伞匠的手上功夫。有些修伞匠妙手回春，化腐朽为神奇，修旧如新，也有一些修伞匠初出茅庐，汗流浃背地忙活几个时辰，修好的伞才用几天又坏了。

坏了再修，修了又坏。那时候，几乎家家户户都有一两把这样的旧洋伞，童养媳一样低眉顺眼，一言不发地靠在门后。除了应急，旧洋伞主要是给孩子们用的，用坏了也就用坏了，弄丢了也就弄丢了，不心疼。除此之外，旧洋伞还有一个用途，供亡灵冒雨赶路。在牌楼，出殡遇雨是一件晦气的事情，一来固然是因为不方便下葬，更重要的原因还在于，在牌楼人的观念里，亡灵不能冒雨上路，而亡灵在人间盘桓的时辰越久，越影响来世的寿辰与福报。迷信的牌楼人于是定下一条规矩：出殡遇雨，棺材上要系一把亡人用过的旧洋伞，伞骨上系一根红绳子。系过红绳子的旧洋伞便成了亡人专属，落土之后要直接扔掉，不能再用了。

有一年正月，刚开学，小跑在枸骨（我们叫“猫儿刺”）丛里发现了一把旧洋伞，看上去还是好好的，小跑欣喜异常，拣起来，挑着书包甩回家。小跑妈有些疑惑，撑开洋伞，脸就白了，伞骨上的红绳子还是新的。小跑知道自己闯了祸，吓坏了，又挨了好一顿打。

和剃头师傅、算命先生、鼓书艺人不同，修伞匠惯于到处游走，没有属于自己的固定地盘。经常来牌楼的修伞匠，是六十多岁的左晚稻左师傅，瘌痢头，笑起来，大嘴向两边豁开，一张圆脸像一枚刚出土的铜钱。左师傅修伞是家传的手艺，从小练出来的，只见他一会儿掏尖嘴钳，一会儿拿剪刀，又是螺丝刀，又是成卷的线……眼花缭乱。由于常年修伞，碰触伞骨断口，左师傅的手心里都是老茧，手背上布满了一道道伤疤，新伤累着旧痕，沙子一样粗糙，握着都硌人。但就是这双沙子一样粗糙的手，干起活来却灵巧无比，无论是穿针引线，还是接骨换架，左师傅就像摆弄自己的手指，总是那么干净利落，轻盈纯熟。“我跟你港（讲）咯，经我手修的伞，不港多，至少五十万把……”五十万是一个天文数字，但在当时，我左耳朵进右耳朵出，并没有因此而高看一眼左师傅。

油纸伞是后来的事情了。“纵使千根骨，终归一点心。”和洋伞比起来，油纸伞要美观大方多了。油纸伞是用新竹剖条为骨架，剪裁棉纸做伞面，涂上熟桐油制成的（油纸伞也叫桐油伞，在中国民间，有“桐油辟邪”的说法）。有的伞面上还绘了图，比如一枝老梅，粗大的枝干上，蹲着一只振翅欲飞的灰喜鹊；或者是一蓬墨兰，旁边还匍匐着一两块枯瘦的石头……我第一次知道油纸伞，是那幅《毛主席去安源》的著名油画，画面上的毛主席风尘仆仆，手里拿着的，正是一把油纸伞。“油纸伞是什么伞啊？”我问二姐，二姐支吾了半天，忽然板起脸，撂出一句话：“你去问春燕……”春燕是齐家大娘的大女儿，瘦，而且高，一头乌黑的披肩发，卷出一层大波浪。春燕初中毕业就离开牌楼，在南京一家发廊里帮人“洗头”。牌楼人每次提起春燕，无论是指桑骂槐的，还是淫邪说笑的，最后都露出一脸鄙夷的神色，“嘁！佬（我）又不是扭（没有）见过钱……”那些年春燕确实挣了不少钱，她唯一的弟弟成了“小皇帝”，穿着牌楼第一双运动鞋，戴着牌楼第一只电子表……事实上，春燕很少再回牌楼，但她长年活在牌楼人的嘴上——在春燕“洗头”这件事情上，牌楼人肆意放纵自己的虚构、联想与想象。

我只见过春燕本人两三次，印象深的，倒是一张照片。照片上的春燕穿着一袭鹅黄色的旗袍，歪着头，尖尖的下巴贴近瘦削的肩膀，一只手垂在修长的腿上，一只手撑着明媚的油纸伞——搔首弄姿。紧身的旗袍。隐约可见花朵图案的油纸伞。这些都和牌楼格格不入，但齐家大娘显然不在意这些，她把女儿的照片压在玻璃板下面许多年。齐家大娘是个寡妇，面相太恶了，个子高，力气大，孩子们都很怕她。那年“双抢”，齐奶奶八十岁寿终正寝，乡亲们都丢下农活赶来帮忙，她是长媳，却兀自下田割稻，打稻，车水，婆婆的丧事仿佛和她无关。

许多年之后，我在皖南读书，看电影《白蛇传》，才知道一把油纸伞，竟让许仙和白娘子情定千年，西湖的断桥上，也演绎了一段千古奇缘。不知为什么，当白娘子擎着油纸伞，含情脉脉地望着许仙时，我忽然想起了照片中的春燕。我离开牌楼之前，已经很久没有春燕的消息，她从牌楼人的嘴上消失了，像一声飘忽的叹息。

也是在皖南读书时，我第一次读到戴望舒的《雨巷》："撑着油纸伞，独自彷徨在悠长、悠长又寂寥的雨巷，我希望逢着一个丁香一样的结着愁怨的姑娘。她是有丁香一样的颜色，丁香一样的芬芳，丁香一样的忧愁，在雨中哀怨，哀怨又彷徨；她彷徨在这寂寥的雨巷，撑着油纸伞，像我一样，像我一样地默默彳亍着，冷漠、凄清，又惆怅……"黄山脚下，霏霏春雨中，我无数次穿过那条狭长的老街，脑海里也无数次浮现这样的遐想：爬满青苔的小巷，潮湿的青石板，飘然而至一把鲜亮的油纸伞，伞下人有一张圆润的脸，回眸一笑，细雨消失了，巷口春日暖暖……戴望舒的《雨巷》，让"油纸伞"这个寻常的物件成了一种文化意象。

中国人发明伞的历史最早可以追溯到春秋时期。传说鲁班的妻子云氏也是一位巧匠，《玉屑》载，第一把雨伞是她送给鲁班出门盖房屋时用的，那是一个小巧的、能移动的、木制的"小亭子"。一个有趣的现象是，伞出现之初并不是为了避雨，而是为了彰显与确认主人的地位。后魏时期，伞被用于官仪，老百姓称其为"罗伞"，官阶大小高低不同，罗伞的颜色和大小也有不同。皇帝出行要用黄色的罗伞（俗称"宝伞"），以表示"荫蔽百姓"，其实还是为了挡风、避雨、遮太阳。伞虽然发明了很长时间，但真正普遍使用却是宋代的事情。唐诗是唐代的百科全书，当时所有的东西在唐诗里都可以找到，唯独找不出几个“伞”字，不亦怪哉！常见的避雨工具是蓑衣和斗笠，张志和《渔歌子》：“青箬笠，绿蓑衣，斜风细雨不须归。”白居易的《黑潭龙》里倒是有一句：“神之来兮风飘飘，纸钱动兮锦伞摇。”但这里的“伞”明显不是雨具。到了张择端生活的宋代，伞忽然流行了起来，据统计，《清明上河图》里共有四十二把伞，可见当时，伞作为雨具已经非常普及了。

一七四七年，一个叫祖纳斯·汉努威的英国商人在中国旅行，看到雨中的行人撑着油纸伞，雨停后把伞一收，随身携带，甚为方便，便买了一把带回英国，这就是英国的第一把伞。英国多雨，后来一位名叫 Samuel Fox 的拉丝工研究出可以收紧雨伞的钢质伞骨，由此成为现代伞业的奠基人。Samuel Fox 创立的“狐狸牌”雨伞至今仍风靡全球，受到明星名流们的拥趸。在十八世纪的英国，方便携带的雨伞一度是女性的专用品，除了挡雨，还被用来表示对爱情的态度：把伞竖起来，表示对爱情坚贞不渝；左手拿着撑开的伞，表示“我现在没有空闲时间”；伞靠在右肩，表示“不想再见到你”……伞作为武器也是从英国开始的，维多利亚时代的女性出门，必随身携带一把伞，遇到流氓混混时防身。一九七八年九月七日，保加利亚小说家乔治·马可夫在滑铁卢大桥上等巴士，一个行色匆匆的男子举着雨伞撞上他，几天后，马尔科夫暴病身亡。这是一场知名的暗杀，特工把装有蓖麻毒素的小金属珠暗置在伞尖中，雨伞于是成为夺命的利器。谍战剧中，收放自如的雨伞是特工惯用的道具，撑开的雨伞能遮视线，收起的雨伞能藏短枪。

英伦阴雨缠绵，相信世界上没有任何一个国家会像英国人一样依赖雨伞。英国人用伞的时间虽然短，却建有专门的伞博物馆，传统的手工制伞工艺也让英国人引以为傲。而在雨伞起源地的中国，古人造字常有大智慧，繁体的“伞”含有聚在一起的五个“人”字，寓意多子多福、人丁兴旺。亲友之间互赠油纸伞因此成为寻常事，科举时代还有一个习俗，赴京赶考的学子或受命上任的官人，行囊里一定会有一把伞，预祝高中状元，一路平安。我去皖南读书时，母亲也在我的行李里塞了一把黑色的尼龙伞，弯弓一样的伞柄露在伞套外面，看上去像一根拐杖。

现如今，忙碌的现代人已经很少走路了，古老的文化传统于是一路走，一路丢。许多人已经不用伞了，从一座地下车库驶进另一座地下车库，又从地下车库升至空中楼阁，要伞干吗呢，多余了。如今，伞已沦为彻底的“物”，古人造字时的美好寓意，从字面和实物上一起消失了。伞、散同音，作为“物”存在的伞甚至不再是馈赠的“礼”，恋人和亲友之间尤为不宜。一把伞不过几十块钱，坏了也就坏了，直接扔掉，很少有人再去修。有一年我在泉州，宾馆后面的巷口榆树亭亭如盖，树荫里绷着一张布棚子，布棚两头撑着两根竹棍子，绕过去一看，地上散着一堆零乱的伞骨和伞架，角落里蹲着一个老人，竟是久违的修伞匠。老人来自湖北，两鬓斑白，六十九岁了，原是来带孙子的，孙子带大了，无事可做，又拣起了老本行。南方多雨，雨伞必不可少，然而即便如此，老人平时也没什么生意，与其说是在修伞，还不如说是借此打发寂寥的暮年时光。“老了，闲着也闲着。我修伞都修五十年啦……”交谈中老人显得有些伤感，修伞作为一门手艺，就要和他的肉身一起消失了。我默然无语，南国的街巷车轮滚滚，人来人往。

晴带雨伞，饱带干粮。我一直在办公室里备着一把伞。我是惜物之人，这把伞用了十年，伞骨伞架都是好的，只是伞布上的杜若花由深蓝褪成了浅蓝。“修洋伞纸伞花伞油布伞，有伞修啊。修洋伞纸伞花伞油布伞……”每次拉开抽屉，看见伞边的杜若花，我的耳畔总会传来记忆深处那熟悉的吆喝声，它像岁月一样悠长，也像岁月一样沧桑。

流徙的信使

在南宋，宫廷画家李嵩可能并非一位大画家，但他留下的一组《货郎图》声名显赫。美术史上，《货郎图》一直被视为是对南宋商业经济的直观反映，是南宋社会生活的一面镜子。宋代以前，无论图画、雕塑，还是文字，很少有对货郎的具体呈现。宋代，城市功能发生转变，市镇广泛兴起，市场交易频繁，货郎成为商业活动及社会生活中不可或缺的角色。在北宋张择端的《清明上河图》中，挑着担子，行走于街头巷尾的货郎随处可见。钱塘人李嵩年轻时做过木匠，善画风俗，《货郎图》现存四件，除北京故宫博物院一件小横卷外，中国台北故宫博物院、美国纽约大都会艺术博物馆、美国克利夫兰艺术博物馆所藏均为团扇，其中以北京故宫博物院藏卷为最佳。这幅藏卷着重描绘了一位装扮滑稽的货郎，肩挑两筐货物，被孩童和妇女团团围住的热闹场面。画卷中，堆积如山的至少数百件物品纤毫毕现，宛若从《清明上河图》中裁下来的街市一隅，有一种“麻雀虽小五脏俱全”的繁复美，让人忍不住凑上前，想仔细分辨那些品种繁多而又井然有序的物品到底有哪些。孩童是画面的另一个重心，有的牵着母亲的衣襟，似乎在催促母亲快点走，生怕去晚了，自己想要的玩具被同伴抢空了；还有的孩子迫不及待地扑在货郎的筐子上，一派喜悦天真，栩栩如生的神情跃然纸上，仿佛能听见欢呼雀跃的声音。再看那些大人，恬静的笑容似有还无，仿佛是在迎候一位久未谋面的客人。

旧时的货郎，既挑着一座移动的杂货铺，也是一位风尘满面的信使。“拨浪鼓，货郎来，货郎货郎卖火柴……”小时候，只要拨浪鼓一响，我们就飞一般奔向门外，便见毛师傅一路走一路摇着拨浪鼓，一步一顿地，从石拱桥上颠下来。晃在他肩头的两只大筐子足有半人高，一条青扁担，两头沉甸甸的，拉成了一张弓，仿佛要把他射进天空。奔向门外的不光是孩子，还有那些早已在心里惦念着的老人和妇女。他的筐子里既有孩子们盼望的糖果和玩具，也有老人们不可或缺的香烟和火柴，更少不了主妇们需要的胭脂水粉、针头线脑、毛巾手帕、发夹皮筋。毛师傅原先是个石匠，有一次采石，遇到一枚哑炮，正准备进洞看看呢，“轰隆”一声，又炸了。也算他命大，居然只受了一点皮外伤，从此刀枪入库、马放南山，转了货郎这一行。他个子不高，壮实，皮肤黝黑，胳膊、大腿、胸口上蓬着浓密的黑毛，牌楼人当面叫他“毛师傅”，私底下都叫他“毛栗子”（野生的板栗），天长日久，竟叫成了口头禅，至于他原本叫什么姓什么，反倒没人在意了。还有些家长甚至拿他吓唬顽劣的孩子，“哟！毛栗子又要来了，看看谁不听话……”孩子们都知道毛栗子就是毛师傅，原来他的两个大筐子不光装着吃的和用的，还要装走那些不听话的孩子啊！于是都很怕他。

怕归怕，毛师傅一来，孩子们依旧喜出望外，一只手牵着母亲的衣角，一只手抓着他的筐子，久久不放。母亲早已经备好了鸡毛、鸭毛、牙膏皮、旧布头，揣在衣兜里，一面翻拣着筐子里的货物，一面和他讨价还价。那是一个物资匮乏的年代，几根鸡毛就能和毛师傅换一颗“宝塔糖”。毛师傅的“宝塔糖”就是“宝塔糖”，不是很多人小时候都吃过的“蛔虫糖”。“宝塔糖”是一座指甲盖大小的糖宝塔，糖衣有红绿两种颜色，红色的一口就碎了，慢慢地化在口腔里，甘甜，绵软，像腊月里牌楼人做的糖稀；绿色的要硬一些，甜中含着一缕草叶的气息，余味清冽。七岁那年，我被锅里溅出来的开水烫伤了肚皮，胸口下面滚满了黄豆大的水泡，那个痛啊，钻心。母亲流着泪，却又束手无策，只好任我赤着脚，一边号啕大哭，一边在门前的稻场上疯子一样乱跑。跑着，哭着，就见毛师傅戴着一顶旧草帽，叼着一根烟，摇着拨浪鼓，朝我慢悠悠地走了过来。两三个孩子顶着大太阳，依依不舍地跟在他后面。

毛师傅抽烟有两个特点，一是他从不散烟，也从不拒绝别人散的烟；二是烟不离嘴，香烟点上火之后，便一直含在嘴里，抽完了，脑袋一偏，直接吐掉。

毛师傅在我家门前的梧桐树下停了下来，我一面哭一面倒腾他的筐子，筐子几乎已经空了，没有宝塔糖，只有一些零散的日用品。“可就剩这点东西了？”母亲早早就迎出了门，脸上很快浮起失望的神色。毛师傅没有接话，一双大手稳稳地捧住我的脸腮，瓮声瓮气地说：“不哭了。我给你变一颗宝塔糖，好不好？”我不知羞耻地止住了哭声，将信将疑地看着毛师傅。他的大手汗津津的，很粗糙，像一块没有拧干的旧抹布。

孙悟空七十二变。“变”，是那个《西游记》热播的年代大人哄孩子的惯用方式。

交易之余，毛师傅也会歇下来，陪大姑娘小媳妇们聊一些家长里短的闲话，“我跟你们讲哦，”他经常这样开场，一桩大事就要发生的样子，“那号人，真是少有……”他是说大鼓书的好料子，注重故事情节，擅长设置悬念，芝麻大的小事，也能娓娓道来，一波三折。说起男女关系之类的丑闻，他更是眉飞色舞，唾沫星子从嘴角一次次溅出来。没有人厌恶他搬弄是非，他只是热衷于传播既成的事实，不传谣，更不造谣。故事说完正赶上饭点，大姑娘小媳妇陆陆续续地离了场，老人年事已高，又喜欢热闹，便拽上他一起回家。哪里还要拽呢？他已经早早地收拾妥了，心安理得。走村串巷的货郎经营小本生意，并没有多大的赚头，但在那个百废待兴、生机勃发的年代，谁家也不缺手艺人一双筷子。在牌楼人眼里，货郎也是手艺人，货郎的筐子就是谋生的手段，是一个不怕风吹日晒的“铁饭碗”。

毛师傅不喝酒，也很少上桌，蹲在厨房一隅，一个劲地扒饭。

他食量大，每餐都要吃两大钵，扫荡一样，片刻工夫，饭钵就空了，一粒米不剩，“牌楼的米就是好吃，吃了还想吃。嗝。不能吃了，撑坏啦。嗝。”他一面打着响亮的饱嗝，一面摸着圆滚滚的肚子，笑眯眯地，心满意足。他口味重，经常生吃辣椒、蒜瓣、大葱、烂咸菜。牌楼人看他像个怪胎，他自己倒不以为意，呵呵呵，卑微的笑，近乎讨好。长年累月的糊口生涯，他已经习惯了各种各样的眼神和脸色。

能吃是福啊，锅里还有呢。牌楼的母亲们都很喜欢毛师傅，每次总要特意嘱咐一声，好让他在放下饭钵的同时，也能放宽心。母亲们的喜欢里掖着自己的小心思。毛师傅走村串巷，见惯了人情世故，临走前，他总会喊来眼巴巴的孩子，孙悟空一样朝手里吹一口“仙气”，喊一声“变”，而后一双大手朝空中一抡，停下来，右手慢慢张开，一颗宝塔糖赫然在目！真是神奇。我将信将疑地看着毛师傅，却见他不慌不忙地抽出拨浪鼓，嘭、嘭、嘭，示意我自己玩。他的拨浪鼓很小巧，鼓面已经旧了，上面还画着一只鸟，毛色全褪了；鼓身是木的，四周雕着波浪一样的细小纹路；鼓身两边各有一根长皮条，系着两只核桃一样的小皮锤。拨浪鼓的历史很久远了，最早的拨浪鼓产生于战国时期，称作“鼗”，这个生僻的汉字如今几乎不用了，从“兆”从“鼓”，“兆”亦声。“兆”意为远，“兆”与“鼓”的合体就是“远鼓”“远方进贡来的鼓”。作为打击乐，鼗依靠摇动时双耳自击发声，节奏轻重、音律高低、声音大小都不易控制，无法准确完成复杂的鼓点。一般认为，今天的拨浪鼓定型于宋代，民间货郎开始依赖拨浪鼓招徕顾客。从李嵩《货郎图》可见，拨浪鼓的造型颇为考究，鼓柄做成葫芦把，鼓形如罐，双耳特殊。作为儿童喜爱的玩具，拨浪鼓在南宋已经非常普遍了。宋朝苏汉臣所作的《五瑞图》中，五童子或戴面具、或涂面，聚集行大傩舞，其中一人双手各持一只拨浪鼓，上面的小鼓扁而圆，下面的鼓长而类似腰鼓。鼓面彩绘花纹，长鼓的鼓身仿佛是铜的，镶着碎花，精致美观的程度前所未有。

我一面摇着拨浪鼓，一面瞅着毛师傅。拨浪鼓的魅力，自然不如宝塔糖。那一次，他没有像孙悟空那样喊一声“变”，而是直接从口袋里摸出两颗宝塔糖，一颗是红的，一颗是绿的。我喜出望外，立即扔下拨浪鼓，夺过宝塔糖。“你看看这孩子，”母亲难为情地笑着，“也不晓得承情，忒不懂事了！”

独自享受两颗宝塔糖，那是我孩童时代绝无仅有的优厚待遇。然而，即便一次有了两颗，我也舍不得一次性吃完。躲在梧桐树后面，我激动得微微颤抖，好不容易才剥开糖衣，小心翼翼地咬下半颗。

母亲站在屋檐下，一面心不在焉地系着围裙，一面探头眺望村外的田野。田野上空，天已经阴了，黑云翻墨，一场豪雨正从东面奔来。二哥和二姐还在抢着收割，人家屋顶上的炊烟已经升起。

毛师傅走了，跟着他的几个小伙伴留了下来。我蹲在梧桐树下佯装“打宝”。“宝”，其实就是一种折得四四方方的纸片。两张长方形的纸十字交叉摞在一起，将四个角风车一样折起来，依次合到中间，将最后一个角塞进第一个角，压结实了，一个四四方方的“宝”就成了。“打宝”可以一个人玩，两个人玩，也可以三五成群聚在一起玩。玩法很简单：把“宝”放在地上，另一个人拿起自己的“宝”高高举过头顶，铆足了劲，用力向下一拍，靠着“宝”落地时的那股弹劲把别人的“宝”拍翻，赢为己有。如果拍不翻，就轮换成别人。一局定输赢，轮换着进行，很公平。小伙伴很快加入了进来，笑声、骂声、吵闹声，沸反盈天。肚皮上的灼痛，已经悄无声息地消失了。

那还是一个缺医少药的年代，烫伤、摔伤的孩童比比皆是。伤了也就伤了，没有人想到应该去诊所。

走村串巷的货郎一般都有相对固定的村落，但隔三岔五到牌楼来的，除了毛师傅，还有一个外号叫“烂黄瓜”的人。烂黄瓜并不姓黄，鳏夫，至多五十岁，花白的头发一根根的，短而硬，圆滚滚的肚子里，装着取之不尽的黄色笑话。毛师傅主要搞批发，代销，烂黄瓜完全是自销。瓜果蔬菜成熟的时节，烂黄瓜就扛着一只鸡笼子，佝偻着腰背，仿佛是在探察高低不平的路面。“鸡笼子”是烂黄瓜自己的创造，几乎是个怪物，中间穿着几根竹竿子，隔成上中下三层，烂黄瓜将瓜果蔬菜分门别类、严严实实地码满了每一层。“蜜桃哦，蜜桃哦，水滴滴的蜜桃哦……”“韭菜哦，韭菜哦，香喷喷的韭菜哦……”烂黄瓜不收鸡毛、鸭毛、牙膏皮，他喜欢两样东西，一是牌楼人自己做的挂面，二是咸鸭蛋。他常年用咸鸭蛋下酒，一只咸鸭蛋，能喝半斤酒。

走村串巷的烂黄瓜随身带着一个铝制的小酒壶。他的嘴太坏了，眼里也邪，牌楼人很少请他吃饭，更没有人愿意请他喝酒。

但他总是踩着饭点来，抵不过去了，牌楼人只好凉着脸，一面递给他一只咸鸭蛋，一面做恍然大悟状，满世界找酒。“别找了，有咸鸭蛋就照了哎。”他是真的不生气，自觉地坐在下首，掏出小酒壶，几乎不吃菜，兀自喝酒。喝完了，也不吃饭，摇摇晃晃地站起来，称谢，告辞。桌子上剩下一只空空的咸鸭蛋壳。

长年累月的嗜酒，饥一顿，饱一顿，烂黄瓜的胃已经坏了。我小学还没毕业他就死了，临死前，吐了两碗血，体重还不到八十斤。“想想他也真是可怜，死喝酒，也是心里愁。”每次提到他，牌楼的老人都要唏嘘好半晌，“你别看毛栗子，一身都是毛，那个怪样子，好歹有儿有女，好歹还有人捂被窝。他烂黄瓜有什么呢？他连一个后都没有……”对于婚姻和爱情，牌楼人是实用主义者，少年夫妻老来伴。哪来什么爱情啊？无非就是生儿育女，无非就是给自己老来找一个伴。白天彼此说说话，晚上相互暖暖脚，是牌楼人对婚姻的简单理解与现实需求。“他一个人死在家里，连个摔脸盆的人都没有。烂黄瓜，你想想他可作孽？！”作孽，既是受罪，也是可怜。

“摔脸盆”是牌楼人的丧葬习俗之一。入殓后，出殡前，孝子要摔烂亡人生前用过的一只洗脸盆。这既是一道约定俗成的程序，也是一个至关重要的仪式。其他人是不能摔的。烂黄瓜没有孝子，这道至关重要的仪式只好省略。平时也不能摔。两口子吵架，有摔碗的，有摔水瓶的，有摔板凳的，从来没有人摔过洗脸盆。有一年农忙，旺财喝醉了酒，躺在床上不干活，老妻数落了几句，旺财从床上蹦起来，抄手就把洗脸盆扔出去了。老妻吓得面无人色，瘫在地上，差点直接死掉。

烂黄瓜过世之后，毛师傅也很少再来牌楼了。两里之外，巴掌大的破罡街忽然热闹了起来，水灵灵的蔬菜、活蹦乱跳的鱼虾、热气腾腾的猪肉摊子……日杂百货店一家挨着一家，各种小商品琳琅满目，一应俱全。老杜茶馆里更是人挤人，裤管上还粘着泥巴呢，顾不上说话，大口咬着春卷，嘴角两边油光发亮，仿佛就要溢出来。牌楼的老人开始喜欢上街了，经常遇到毛师傅，他头发胡子全白了，拎着二两肉，叼着一根烟，慢腾腾地，一路咳咳咳。老杜拉住他，递上一根春卷，说："你少抽点烟哦！"他摆着一双干瘪的大手，又指指自己的耳朵，枯叶一样的笑容，在皱纹密布的脸上，浮着。

老人回来，免不了又是一番唏嘘。乡亲们黯然地听着，默默转过身去。片刻之后，又重新活泛了起来。有什么呢？人世间，没人躲得了生老病死。无常，是生命的根本规律。

破罡街热闹了，牌楼却冷清了许多。大家都在忙。在家里忙。在地里忙。在外面忙。各忙各的。没有民间艺人的村庄，就是一个行动迟缓的老人，飞逝的时光正在吞噬他的体温、呼吸和心跳。

毛师傅，烂黄瓜，我已经忘了他们的姓名。事实上，离开牌楼之后，许多人的姓名我都忘了。劈面相逢，分明是一张熟脸，搜肠刮肚，不知到底是何人。让我念念不忘的，是鸡犬相闻的牌楼，是莺飞草长的巢山，是水草丰沛的龙郭圩，是鱼虾鲜美的白荡湖……这一切，共同构成了皖江北岸一座古老的村庄。"珍惜黄昏的村庄，珍惜雨水的村庄 / 万里无云如同我永恒的悲伤。"

月光光，麦芽糖

腊月的牌楼热闹异常。一年忙到头，农民兄弟终于能够闲下来，痛痛快快地喝两碗腊八粥。老一辈牌楼人很重视腊八，腊八这天，一家之主照例要起早上一趟破罡街，称一刀肉，买一截藕，做“糖烧”。“糖烧”是牌楼人逢年过节必备的大菜，平时吃不到的，肉肥而不腻，藕入嘴即化，那一份软糯而绵长的本味，让人久久难忘。过了腊八，北雁南归，学校要放寒假了。那时候的寒假是真正的寒假，河面刚刚浮出一层冰，学校就贴出了提前考试提前放假的大红通知。我们聚在公告栏下面欢呼雀跃，没有人担心即将到来的期末考试。寒假作业很少，不到开学前几天，没有人会主动做作业、拿书包。不做寒假作业的也大有人在，老师很少责罚，也不会告诉家长。

“大人望插田，小孩盼过年。”孩子们对过年的盼望，还真不是糖烧之类的大菜，而是那些平时很难吃到的小零食，平时不太可能添置的新衣服。平时很难吃到的小零食其实也只有几样，最令我们垂涎的是麦芽糖。在牌楼，腊月二十四过小年这天（中国南北方过小年的时间不一样，北方一般过腊月二十三，南方一般过腊月二十四，还有腊月二十五过小年的，古时有“官三民四船五”的说法），家家户户都要祭灶王爷，送灶王爷上天，期望他“上天言好事，下界保平安”。牌楼人祭祀向来以男丁为主，忙碌的主妇可以见缝插针，抽空干些别的事，唯独祭拜灶王爷，主妇需要全程参与，不可或缺。天刚擦黑，父亲便将吃饭的桌子抬到室外，上面依次摆好祭祀的碗筷，而后郑重其事地烧纸、焚香。鞭炮响起来了，母亲小心翼翼地点燃灶王爷的纸像，火舌慢慢舔上来，母亲的手轻轻一扬："灶王爷，上天咯。"这时候的母亲总是神采奕奕的，系着一条瓦蓝色的围裙，笑容可掬的样子，仿佛储藏了一年的心事，灶王爷都已经恩准了。

“家家户户买麦糖，小年晚上祭灶王。大大妈妈跪地拜，求得好话奏天堂。”（“大”是爹的俗字，大江南北均有此方言，含义不一样，读音也不同。在安庆地区，“大大”是父亲的意思。）祭灶王要备三个碗，一碗白煮鱼，一碗白煮肉，一碗麦芽糖。鱼和肉都可以换成别的，麦芽糖必不可少。为什么要让祭灶王爷吃麦芽糖呢？母亲说，麦芽糖能让灶王爷的嘴巴甜一点，他到了天上，就不会向玉皇报告家中的坏事了。祭完灶王爷，鱼和肉要在灶台上搁一晚，这是祭灶的一道重要程序，也是一个不可或缺的仪式。第二天一早，天麻麻亮，母亲就起床了，添柴，烧水，擦拭灶台，洗锅，刷碗，烫筷子。对于灶台来说，新的一年是从祭过灶王爷，也就是腊月二十四这天开始的，灶台不能像孩子们一样“过新年穿新衣”，但一尘不染总还是要的。洗完刷好，门前已经响起了脚踩霜冻的声音，吱，吱，吱，上街采年货的人已经出门了。等我们一个个钻出热被窝，母亲已经下好了一锅挂面，重新烧好了祭灶王爷的鱼和肉。灶王爷享用过的鱼和肉，对大人孩子来说都是福佑。祭祀过的麦芽糖倒没有禁忌，母亲会当场收起一大半，剩下的七八颗，母亲连碗一起端给我。

甜，是世界各族人民都很喜欢的味道，因为甜能唤起人的愉悦感。就日常生活经验而言，甜味主要来源于各种糖。但“糖”这个字在中国出现的时间并不算早，始见于北魏农学家贾思勰所著《齐民要术》。那更早的古人吃糖吗？吃，“饴”这个字，就是古人吃的一种糖。《说文解字》：“饴，米蘖煎也。”在古代，饴，主要指的是麦芽糖的制成品，植物种子发芽时一般会产生出淀粉酶，从而把淀粉水解成麦芽糖。麦芽糖不太容易结晶，但很容易制成胶状物质。它是古人最早制作出来的甜味剂。古人对麦芽糖产品的利用，早从两千五百多年前的《诗经》中就可以看到端倪。比如“周原膴膴，堇荼如饴”，意思是说，周原这块土地多么肥美啊，像堇荼这样的苦菜也能像糖那样甜。在大约成书于战国的《尚书》中又有“稼穑作甘”的话，意思是耕作、收获的谷物可制取味甜的“饧”（饧是指稍硬一点的饴），可见时人已经掌握了以淀粉制糖的方法。从当时的资料中还可以获知，各阶层的人都爱吃糖，“含饴弄孙”就是东汉明帝时期马皇后的人生理想。到了贾思勰的北魏时期，麦芽糖的制法已经很成熟了，工艺和现在相差无几。明代科学家宋应星所著的《天工开物》绘有多幅制糖图，记录了中国明代以前利用糖车和瓦溜（瓦质漏斗）进行“黄泥水淋脱色法”制糖的技术，图中一位老者微微佝着腰，低着头，正在忙碌。可见早在明代以前，民间已经有了技艺纯熟的制糖艺人，也有了专门制糖的小作坊。

“月光光，秀才郎，马来等，轿来扛；骑白马，过莲塘，我家有个好儿郎；好儿郎来好儿郎，不愁吃来不愁穿，一年四季麦芽糖……”麦芽糖，多么稀罕啊！母亲们的愿望现实而简单，最滋润的生活，就是能一年四季吃上麦芽糖。那还是一个物资匮乏的年代，吃饱、吃好，依旧是一个家庭的生活准则，甚至是许多人一生的梦想。杏枝大娘劳苦一生，节衣缩食，一天经常只吃两顿，临死前，悬着一口气，抓着老伴的手久久不放，“麦芽糖，麦芽糖……”念了大半个晚上。又不是腊月，哪里有麦芽糖呢？老伴热泪横流，想着法子哄她。

天麻麻亮，喜凤送来了一小块冰糖。

杏枝大娘是笑着走的，神态安详，像睡着了一样。

喜凤是齐家的媳妇，圆脸，爱笑，话少，手巧。她做的虎头鞋很受欢迎，孩子还在肚子里呢，母亲就上门预定了，老一辈牌楼人的说法，新生儿穿虎头鞋，“走路稳，能辟邪”。她听了只是笑，默默接过母亲揣来的碎布，又摸摸母亲腆起的肚子，幽幽地说：“和我那会不一样呢，你这肯定是儿子……”老人也喜欢她的虎头鞋，压在箱底，“虎头鞋养脚，我留着，以后上路……”

老人嘴里的“上路”都是特指，是寿终正寝的另一种说法，这个特指云淡风轻，弥合了死亡的阴影和悲伤。她听了也只是笑，捏着老人的手客客气气地送出门，老人带来的布料啊线脑啊，她说什么也不肯收。

喜凤成了媳妇们的榜样，她太讨人喜欢了，不惹事，不张扬。谁能想到呢？她还会熬糖稀，做麦芽糖。牌楼会做麦芽糖的只有五六个人，论手艺，谁也比不上她。她做的麦芽糖拉丝一般软滑，黏黏的，含在嘴里，有一股麦芽的淡淡的甜味，顺着喉咙慢慢咽下去，唇齿留香，余味绵长。令大家心服口服的是，其他人只能做椭圆形的冻米糖，正方形的冻米糖，长方形的冻米糖，只有她能将冻米糖做成猫、狗和猪的形状，还竖着两只机警的耳朵，活灵活现，就要跑过来的样子。那是一个“打弹珠”“滚铁环”“打宝”“斗鸡”风行的年代，这些栩栩如生的冻米糖，最大限度地满足了孩子们对于玩具的想象。孩子想吃喜凤的麦芽糖，母亲只好抱着小麦和糯米，请喜凤帮忙。喜凤几乎从不推辞，她笑眯眯地接过原材料，轻言细语地说，我尽快啊。想快也快不了啊，她只有一双手，而做麦芽糖的工序，一道也省不了。

做麦芽糖，说简单也简单，说复杂也复杂。腊月里的喜凤，是全牌楼最忙的人。她要将家家户户送来的小麦浸泡一夜，沥干，然后就是每天淋水等待发芽。大约三天后（时间长短与温度有关），麦芽就能长到两厘米长了。这是一个很关键的时间节点，为了这个节点，喜凤经常睡不安生。她经常凌晨起床，赶在小麦长出真叶之前，将糯米浸泡几个小时，煮熟，然后再在石臼里，捣烂出芽的小麦。煮熟的糯米还要晾到合适的温度，对于这个温度（许多年之后我才知道，这个温度介于 50℃ ~70℃之间）的把握同样需要一定的火候。合适的温度到了，喜凤再将绞碎的小麦和糯米混合在一起（三十斤糯米配一斤麦芽）发酵。发酵大约需要八个小时，这个过程中的水不能太热，也不能太冷。太热，做出来的麦芽糖会很黏稠；太冷，做出来的麦芽糖不甜反酸。发酵后渗出的水，沥在锅里，甜甜的。这时候，做麦芽糖最重要的步骤——熬糖开始了，熬糖要不断搅拌，以防粘锅。说是熬糖，其实是熬人。劈好的木柴码在灶台旁边，在大火、中火、小火之间切换，全靠喜凤添柴、减柴控制温度。这个过程至少需要一个小时。熬到水分蒸发，呈黏稠状，晾凉后，就是孩子们巴望的糖稀了。

旧灶台，老规程，麦香与饭香互相氤氲。这时候，喜凤总要抽出一根干净的筷子，挑起糖稀，迎着光亮看成色。汗湿的脸上，笑容慢慢漾上来。

熬好的糖稀温暖而软滑，既像一块珠圆玉润的琥珀，又像深秋时节万里无云的一片天。母亲喜滋滋地盛起一小碗，剩下的部分，交给喜凤“拉糖”做冻米。“一炒炒米，就让人觉得，快要过年了。”（汪曾祺《故乡的食物》）大学时读到这一句，觉得亲切，但也止于亲切，如今重读，终于读出了文字背后的深意。冻米，就是加了麦芽糖的炒米。《板桥家书》中写：“天寒地冻时暮，穷亲戚朋友到门，先泡一大碗炒米送手中，佐以酱姜一小碟，最是暖老温贫之具。”“暖老温贫”四个字，让我瞬间想起牌楼的年味，那些知足常乐的日子。冻米既是我们的零食，也是正月待客的重要茶点。刚出炉的冻米里藏着满满的年味，香、甜、脆、酥，落口即溶，美妙不可方物。煮糯米、泡小麦、生麦芽、捣麦芽、发酵、熬糖、拉糖……十来道工序，二十几个小时，那些年，喜凤义务帮大家熬了多少糖稀，做了多少冻米，已经无法统计了，她没有收过大家一分钱，甚至没有一句怨言。没有人在意过麦芽糖的稀与稠、冻米糖的多与少，大家都信任喜凤，那种单纯而原始的信任，是土地一样质朴的民风，是山泉一样甘洌的人情。我们舔着糖稀吃着冻米，幸福似口水一样流出来，胸腔里鼓荡着一股股暖意。

尽管没日没夜的忙碌，但喜凤只有一双手，根本满足不了所有人的需求。至多熬到腊月二十四，过完小年，家家户户都要除垢，扫尘，擦玻璃，买鲤鱼，做豆腐，请人写“门对子”，准备团圆饭，过大年了。牌楼人有一句老话：“有钱没钱，团在一起就是年。”这时候进村的艺人只有两种，一种是舞狮子的，通常是三个人，一个人在前面敲锣开路，后面是一头大狮子领着一头小狮子。有一年，忽然来了一对父子，举着一头大狮子，挨家挨户的，在一条长板凳上腾挪跳跃，舞到最后，狮嘴里忽然吐出一副“门对子”……舞狮是个力气活，季节性强，收入微薄，除了家传，很少有人愿意学；另一种就是挑着箩筐，摇着拨浪鼓，“叮叮咚，叮叮咚……”换麦芽糖的货郎。到牌楼来换麦芽糖的货郎不是毛师傅，是扫帚沟街上的“糖老五”。过了腊八，毛师傅就搁下货郎担子，忙着过年了。和毛师傅进村一样，耳尖的孩子只要一听到糖老五的鼓声，就匆匆忙忙跑回家，缠着大人要鸡毛、鸭毛、牙膏皮，然后一窝蜂地聚拢了来，扒着箩筐朝里望。只要孩子们一来，糖老五就像变戏法一样从口袋中掏出一根小木棒，在箩筐里搅两下，一抬手，白色的麦芽糖便裹在了木棒上。有顽皮的孩子伸手去抢，糖老五的手又是一抬，“别抢啊，一个个来……”孩子们只好乖乖地围在箩筐周围，按秩序排队。糖老五一面点数着孩子们递过来的鸡毛、鸭毛、牙膏皮，一面用锤子顶着掌子，掌子贴着糖块，只听得“叮当”一声，孩子的手里便有了一小块糖。

每次都有空着手的孩子，依依不舍地跟在小伙伴身后。几个小伙伴拿着属于自己的一小块糖，小心翼翼而又得意扬扬的样子，跟在一起的小伙伴，可以轮流用鼻子凑近去闻，关系好的，还可以舔几口。也有实在憋不住馋虫的，逼上梁山，只好背着大人，偷家里的东西去换。有一次，家珍偷偷地换掉了一把斧子，糖老五毫不犹豫地收了下来，居然没问斧子的来路。当家珍的继父准备劈柴烧锅，却发现斧子不翼而飞时，单薄的家珍正蹲在锅台旁边取暖，“你个败家子，老子早晚要捶死你！”家珍在继父金刚怒目一样的逼视里站了起来，没有争辩，一副若无其事的懵懂表情，既无奈，又无辜。

家珍是个心狠手辣的角色，多年后，一字不识的他成了“菜市一霸”，极尽巧取豪夺。方圆数里的红白喜事，都得给他留一个位置。当然，这是另外一篇文章的内容了。

家珍用斧子换糖的事情最终还是败露了。孩子心里藏不住秘密。家珍也没有要求大家替他保守秘密。到牌楼来的生意人不少，像糖老五这样做买卖的，一个也没有。他太抠门了，牌楼人原本就爱嚼他的舌头，“一丝糖星子，恨不得都要舔走。像他这号人，自古少有……”家珍用一把斧子换了五小块麦芽糖之后，大家对糖老五的印象更差了——家珍才十岁啊，还是个孩子，“真是丧德”。虽然腊月里他照常来，但找他换糖的孩子越来越少，再后来，便只有围上来看的，没有拿东西来换的了。

糖老五祖上五代人都是做糖的，传到他这一代，据说已经一百多年了。他做的麦芽糖有圆饼状的，也有长条状的，上面布满了蜂眼，就是没有喜凤做的那种猫糖和狗糖。有一次，他拿着喜凤做的猫糖左看右看，最后找到喜凤，问她愿不愿意去他家帮忙，喜凤的脑袋摇得像拨浪鼓：“我有家有口的，哪走得掉呢？承你的情了！”糖老五不肯罢休，三番五次上门，说尽了各种好话，几乎是死皮赖脸了。纠缠到后来，喜凤的瘸腿丈夫直接翻脸，差点要动手，他这才彻底死了心，路过牌楼，总是绕着走。

瘸腿丈夫是个瓦匠，脾气比手艺还坏，喜凤经常挨他的打，受他的骂。老人们看不下去，心疼喜凤，结伴上门数落瓦匠。瓦匠埋着头，默默地抽烟，一言不发。

母亲不会熬麦芽糖，但那些年，我没少吃喜凤熬的麦芽糖。童年的口味决定了一生的口味，一直到今天，我依旧对甜味葆有经久不衰的好感。我偏爱各种各样的甜食，尤其是蜂蜜，我可以一个月不吃一粒米，但每天早上醒来，我总要喝一大杯温吞的蜂蜜水。如今，故乡物是人非，味蕾上的乡愁，竟是腊月里，麦芽糖绵长的香味。

牌楼的孩子是什么时候不吃麦芽糖的呢，具体时间我已经记不清楚了，总是在喜凤莫名失踪之后吧。说起来，喜凤也是个苦命人，娘死得早，她不满二十岁就嫁到了牌楼。瓦匠是独子，又会一门手艺，喜凤原以为总算熬出头了，却不料苦日子才刚刚开始。婚后的喜凤五年生了四个女儿，生怕了，死活不愿意再生，瓦匠却不肯答应，对喜凤愈加粗暴，横挑鼻子竖挑眼，非打即骂，三天一小吵，五天一大闹，鸡飞狗跳。喜凤人前总是递着笑脸，一转身，眼泪滚下来，脸上堆满愁云。牌楼的老人心疼喜凤，但也知道瓦匠的脾性，谁也不愿意做这个恶人，更何况，香火传承，是一个家庭天大的事情。

像一滴水，喜凤从牌楼蒸发了，下落不明。没有人知道她究竟去了哪里，生不见人，死不见尸。瓦匠挖地三尺，找了一年多，终于在白荡湖边找到了一双鞋。瓦匠坐在湖边抽了几根烟，落了几滴眼泪，重新起身时，一块石头终于落地了。他已经释怀。

都说好人有好报，唉，谁知道呢？寒心……每次说到喜凤，老人们总要如此叹息。喜凤是小村牌楼第一个失踪的人。那时候我已经上高中了，对她的失踪似懂非懂，也不太相信。

一直到现在，我也不相信她的失踪。我一直觉得她还活着，像那些从牌楼迁走的音讯全无的人。我一直记得她的笑容，圆月一样的脸，像村头的那口小池塘，一万道柔波在其间荡漾。静水流深。

弹棉花 摄影 / 周曼雄

木匠　　摄影 / 张恩水

光影流年

“今晚有影子灯唉，都去望哦。”铁头端着大海碗，呼噜噜，呼噜噜，一边走一边嘬嘴喝稀饭，逢人便说，“我昨个中晌碰到老有庆，在唐庄耍三四天了……”铁头的兴奋溢于言表，仿佛终于添了一个孙子，急于告诉每一个牌楼人。等他喝完稀饭，老有庆要来耍影子灯的消息已经传遍了整个小村。小村很快沸腾了起来，大人从檐下探出头，欢喜地应着，脸上漾起抑制不住的笑容；孩子们已经撒腿奔向村外的稻床、平畴上，传来一阵阵欢快的笑声。

铁头五十多岁了，胃口大，身体也好，一个人伺候四亩多地，割水稻，摘棉花，种小麦，点豆子，挖山芋，起早贪黑，永远不知疲倦。他操劳了一生，也吃苦了一生，一直苦到死。他是那种藏不住话的人，热衷散布各种来历不明的小道消息，又喜欢危言耸听，见到风就是雨，时间久了，大家对他发布的各类消息都将信将疑，听着，笑着，偶尔也点点头，就是不作声。只有“今晚有影子灯唉”这类消息大家毫不怀疑，和铁头一样，牌楼的大人孩子都喜欢看影子灯。

影子灯，就是皮影戏，“隔帐陈述千古事，灯下挥舞鼓乐声”。中国有文字记载的皮影戏始于西汉，已经有两千多年的历史了，皮影是世界上最早由人配音的活动影画艺术，有人认为皮影是现代电影的“始祖”。《汉书》记载了这样一个故事：汉武帝爱妃李夫人染疾过世，武帝思念心切，神情恍惚，终日不理朝政。有一天，大臣李少翁出门，偶然发现一个孩童拿着布娃娃在玩，布娃娃的影子倒映在地上，影随形动，栩栩如生。李少翁大喜过望，立即差人用棉帛裁成李夫人的影像，涂上色彩，并在手脚处安上能够灵活操控的细木杆，便于舞动。入夜时分，李少翁围起一方帷帐，点燃灯烛，恭请武帝坐在帐中观看。帷帐里的“李夫人”款款起舞，动作惟妙惟肖，舞姿楚楚动人。武帝看罢龙颜大悦，从此爱不释手……这个爱情故事被视为皮影戏最早的源头。此后，经过历朝历代的发展，皮影戏在开放的大唐迎来了蓬勃发展，到了元代，随着军事远征和海陆交往，皮影戏相继传到了波斯、阿拉伯、土耳其、缅甸、马来群岛、日本以及英、法、意、德等亚欧各国，并得到了歌德、卓别林等世界名人的高度赞扬。清末民初是皮影戏艺术发展的鼎盛期，很多皮影艺人子承父业，数代相传，无论是从影人造型制作、影戏演技唱腔，还是从流行地域来看，都达到了历史的巅峰。当时，很多官第王府、豪门望族、乡绅大户都以请名师刻制影人、私养影班为荣。在乡村城镇，大大小小的皮影戏班比比皆是，无论是逢年过节、喜庆丰收、祈福拜神，还是嫁娶宴客、添丁祝寿，只要搭了台子，都少不了皮影戏。风调雨顺的年景，通宵达旦甚至连演十天半个月，也是常有的事情，不难想象当时的盛况。

老有庆是乌金渡人，姓夏，牌楼人当面都喊他“夏师傅”，一转身，却喊他“老有庆”。老有庆并不老，至多五十开外，只是鬓发如霜，几乎全白了。他走路很有特点，甩着两只长胳膊，矮矮壮壮的身躯，习惯性地左右晃动，像一只左顾右盼的长臂猿，从背后看，已经是个迟缓的老人了。

每年腊月，老有庆都要带着夏家班子四处表演。皮影班子自古就有“七紧八慢九消停”的规范，意思是说七个人组成的戏班子演出时要紧张一点，八个人正合适，九个人就显得有些松散了。而老有庆的夏家班子只有四个人，老有庆既是班主，也是“主唱”，同时还要拉二胡，兼擂一面大鼓；两个人“挑签”（他们自称“灯底下”），主要负责操纵影子的动作，兼顾音响效果；还有一个人“打后槽”，负责唢呐和长号，兼顾“主唱”之外的道白，并依靠道白，完成“主唱”和“挑签”之间的协调和配合。除了老有庆，其他三个人的角色并不是固定的，一曲终了，常见他们轮换着上阵，演出如常进行。皮影戏表演是精诚合作方能圆满的艺术。演出时，几个人必须同时进入角色，才能配合默契，浑然天成。看似简单的皮影，对表演艺人的要求却很高。主唱“一口述尽千古事”，既要五音齐全，口齿清楚，还要具备弹、唱、敲、打等多方面的才能；作为“两手对舞百万兵”的挑签，或横戈跃马，或对打厮杀，或龙腾虎跃，或呼风唤雨，或紧锣密鼓，要想弄通这十八般武艺，还能演得活灵活现、细致入微，就要掌握高超的挑签技艺，有的高手能同时操作七八个影人，这等功夫，不勤学苦练五六年，根本不可能完成；打后槽的看似不起眼，可他要道白啊，有时要激昂，有时要缠绵，有时喜，有时悲，如何才能声情并茂、动人心弦？这一切，师傅心传口授之外并无秘诀，只有靠学徒自己勤学苦练。

老有庆生于皮影世家，十二岁开始，他就跟在父亲屁股后面，转遍了周边几十个村镇。早些年戏班子吃香，走到哪，火到哪，吃到哪。老有庆的父亲我没有见过，在老一辈牌楼人嘴里，那是一个传奇人物，不仅会做皮影，还能手脚并用，吹拉弹唱，一个人演完整本《白蛇传》。皮影制作工序复杂，要经过选皮、制皮、画稿、过稿、镂刻、敷彩、发汗熨平、缀结合成等八道工序，前后耗时至少一个月，极其考验艺人的制作耐心与技术水平。做皮影是要画稿的，行话叫“样谱”，“剪什么型，涂什么色，照谱子画瓢就是了……”样谱是皮影世家的传家宝，传男不传女，不外借，更不外传的。可惜了夏家祖传的“样谱”，被土匪一把火烧掉了。那一把传奇的大火，老一辈牌楼人经常说，夏家的断壁残垣，他们小时候还去看过，“堂心比五斗那块还大。后面还有一口井，没有干过，起码有十丈深。其余的都烧掉了，一根梁子都不剩……”“堂心”就是堂屋、客厅，“五斗”是牌楼最好的一块田，面积约等于两百五十平方米。老有庆的爷爷是个地主，民国十六年（1927），被土匪在家里砍死，凶神恶煞的土匪正要上来砍老有庆的父亲，他也不跑，却朝土匪远远地跪了下来，说，放了我吧，不然，夏家皮影就绝后了……或许是这个土匪喜欢皮影，也或许是良知一息尚存，他居然置江湖规矩于不顾，抢了银元，掠了小妾，烧了一把火，却饶了一条命，给了夏家皮影一条生路……侥幸存活的夏家皮影从此浮萍一样浪迹江湖，直到老有庆降生，一家人才结庐而居，扎根白荡湖边的乌金渡。

风一程雨一程，漂泊了大半辈子，父亲的嗓子已经哑了。在父亲的张罗下，老有庆十七岁就结了婚，婚后便接过父亲的衣钵，成为夏家皮影第六代传人。皮影艺人结婚都很早，戏班子走南闯北，媳妇要留在家里尽人伦之孝。这项成规，如今已经不存在了。谁能想到呢？原本信心满满第一次登台的老有庆，却出了一次大洋相。

老有庆第一次登台，唱的是《槐叶媒》，也就是我们熟悉的《天仙配》。因为要演影子灯，生产队煮了一大锅粳米饭，老有庆正是能吃的年纪，见到米饭忘乎所以，一不小心就吃多了，唱戏的时候顶气，不断打嗝。俗话说“饱吹饿唱”，唱戏，打嗝是大忌啊。唱到第五场，实在撑不下去了，乡亲们也实在听不下去了，于是集体起哄，将他轰下台。何止出师不利，简直是丢人现眼啊！父亲震怒了，罚他在院子里跪了一个晚上。这一次难堪的经历，让老有庆坚定了学好皮影戏的信念，他冬练三九夏练三伏，勤而且苦，无论是唱戏还是擂鼓，再没有出过一次纰漏。

罚，对于学影子灯的艺人来说，可谓家常便饭。为了掌握一套挑签的动作，记性不好的学徒经常要被罚练上千次。一个动作连着一个动作，机械而单调，一天扯下来，胳膊成了僵硬的木头。

诗云：“三尺生绡作戏台，全凭十指逞诙谐。有时明月灯窗下，一笑还从掌握来。”皮影这一行太深了，规矩也多，除了“传男不传女”这条老规矩之外，日常也有许多禁忌，比如影人夹子靠墙放时，一定要正面朝外，这叫“背时”，平放要正面朝上，男女影人的头和身子还不能混着放，以免“乱了阴阳”；锣鼓等乐器不能躺在地上，必须立着放……除此之外，皮影艺人常年走村串巷，风餐露宿，个人生活完全暴露在大家的眼皮子底下，因此，皮影班子内部都有一套外人听不懂的“黑话”。老有庆自己带班子之后，前后只收过五个徒弟，其中一个叫忠平的，来过几次牌楼，个子矮矮的，身板单薄，没戏的时候喜欢独自蹲在旮旯里，用尖尖的小石子在地上画画，乱蓬蓬的头发披散开来，像一只进村觅食的猴子。忠平画画无师自通，帅帐，案几，牙床，诸葛亮……影人夹子靠墙立着，他是看到什么就画什么，画什么就像什么。若不学戏，他是能靠画画吃饭的。他嗓子亮，唱戏脆生生的，唱着唱着，冷不丁飙出一串颤颤的高音，像一个人在吃力地爬坡，又突然一屁股跌倒在地。谁都看得出来，老有庆格外疼忠平，视如己出，交代他事情，脸上总挂着毫不掩饰的笑。除了唱戏，老有庆平时是很少笑的，丁是丁卯是卯，很古板的样子。和师傅一样，忠平也是一个寡言的人，但他眼里有活，记性好，悟性也高，在戏班子后面不声不响地跑了两年，唱戏挑签打后槽，居然全都学会了。

俗话说：“师傅领进门，修行靠个人。”皮影戏不好学，跟班四五年的徒弟比比皆是，有些徒弟也刻苦，也卖力，就是开不了窍，出不了师。勤只能补拙，悟性是补不了的。有一个徒弟跟老有庆跑了七年，连婚事都误了，最后只学会了几折“文戏”。老有庆气不过，爆粗口，扇耳光，最后只好许他来去自由，这才断了他的念想。那个徒弟我们都见过，娃娃脸自带笑容，眼睛眯成一条缝，看上去憨憨的，仿佛没有脾气。

皮影，精彩的是武戏。老有庆每次来，总是以文戏开场，武戏压轴，每次必演的，是《杨宗保招亲》和《三英战吕布》。夏家班子进村从来不用打招呼，太阳还没落山呢，稻床上就张起了“纱亮子”，铁头也总是早早地丢下饭碗，眼巴巴地候着，身边围着一群叽叽喳喳的孩子。等暮色从四周慢慢合围，稻床上已经坐满了从四面八方赶来的乡亲。有的还端着碗呢，火急火燎地扒饭，扒完了也不敢起身，怕只怕自己一起身，好不容易才抢到的位置又落了空。自然也有人在一旁插科打诨，却没有人因此而气恼，稻床上弥漫着欢乐祥和的节日气氛。说笑间，便见老有庆甩着两只长胳膊，一边环视四周，一边缓缓落座，“怎么才来啊？急死人咯……”老有庆并不答话，只听得咚咚锵咚咚锵，一阵紧锣密鼓。“纱亮子”突然亮了，挑签的打后槽的已经就了位，稻床上立即安静了下来。我们这些不坐板凳的孩子，争先恐后地爬上稻草堆，盼望已久的影子灯，就要开场了。

南方村庄多水口，北方村庄多稻床。包产到户之前，稻床就是一座露天的宗族祠堂。“纱亮子”一亮，牌楼就成了一座空心的村庄，家家户户门上落着一把锁，也有的人家只是随便插着一根木棍，漏出一道鸡啊鸭啊自由进出的门缝。只有几条狗在村庄和稻床之间窜来窜去，呜呜呜，追逐着低吠。与人混居的狗极通人性，乡亲们在稻床上围着“纱亮子”，载歌载舞，它们于是也在集体狂欢。“纱亮子”一亮就很难再灭了，要亮到人困马乏，亮到上眼皮和下眼皮互相打架，“看牛皮（皮影）熬眼皮（打瞌睡），摸黑回家撞墙皮（墙壁）”。有一年，暖冬，夜深了，乡亲们照例围在稻床上看皮影，桃花家的老黄狗突然一个劲地狂叫，远远近近的狗跟着叫了起来，此起彼伏的狗叫声，很快就把唱戏的声音淹没了。戏班子不得不停了下来，“畜生！这个畜生……”当桃花骂骂咧咧地赶回家，准备鞭笞老黄狗时，却发现牛栏洞开，刚买半年的水牯牛，不见了。

水牯牛架子大，不能挑，也不能扛，更不能拿，走不远的。汉子们点亮了松明，追了几里地，离奇的是，黑水牯竟像凭空消失了一样。进出牌楼只有一条机耕路，来去都要步行，晴天一身灰，雨天一脚泥，一条水牯牛怎么就能神不知鬼不觉地被人牵走呢？桃花傻了，坐在门槛上，嘤嘤地哭。牌楼人都傻了，一条水牯牛都能偷走，闻所未闻啊，遇到这样的奇事，谁还有心思睡觉呢？戏班子什么时候走的，居然没人知道。

那是我记事起，小村牌楼发生的第一起偷盗事件。桃花没有报案。也没有人想到应该报案。为一头牛报案，只能沦为大家的笑话。抬头不见低头见，谁也不愿意沦为大家的笑话。许多年过后，当十里八乡频繁发生类似的偷盗，大到一头牛小到一把刀都能莫名失窃时，牌楼人才渐渐意识到，他们安身立命的牌楼，已经走样了。

老有庆是什么时候不来牌楼的呢？牌楼人已经多年没有看过影子灯了。老人们在太阳下闲坐，扯闲篇，问铁头，他一脸茫然，接着又递出一脸诡异的笑。铁头已经老了，须眉皆白，稀疏的头顶上蒙着一层厚厚的寒霜，像一棵烂在地里的小白菜。“忠平，你们可记得那个卢忠平？”有一次，铁头忽然揭开一段往事，“他不姓卢的，姓夏，叫夏忠平，是老有庆的私生子……”晴天霹雳，老人们被这个消息唬住了，一遍遍回想，依稀仿佛，却又不敢笃定，将信将疑。这种见风就是雨的事情，除了当事人，谁敢笃定呢？戏班子走南闯北，惯于做露水夫妻，老有庆年纪轻轻就带着戏班子，假戏真做的孽缘，或许也是有的。

大二那年放暑假，我刚进门，父亲说：“铁头大爷不行了，你去看看吧。人不能忘恩。你自小个子矮，他老把你架在肩上看影子灯……”我有些发怔，放下行李，一口水没喝就去了。逼仄的堂屋里挤满了人，后事所需已经准备好了，来帮忙的乡亲都在等着，抽烟，喝茶，说笑。铁头大爷高寿了，喜丧，能来的乡亲都来了。在牌楼，死亡是人生最重要的大事，再大的恩怨，至此一笔勾销。我挤了过去，铁头大爷躺在凉床上，双目微闭，虚弱地呻吟。他最小的女儿守在床边，有一搭没一搭地摇着蒲扇，驱赶着乱飞的蚊蝇。她的头发已经白了，显而易见的疲惫，看上去有些老态龙钟。

铁头大爷悬着一口气，乡亲们一直守到了凌晨。牌楼的老人走，都少不了要演一场影子灯。他是不甘心就这样走啊，太冷清了，可有什么办法呢？老有庆过世之后，忠平一面接过师傅的衣钵，一面却解散了夏家班子。和抛妻别子的汉子们一样，忠平常年在外打工，他将五颜六色的影人统统锁进箱子里，只在正月里，自娱自乐，一个人吹拉弹唱，给乡亲们演一场他最拿手的《白毛女》。那些五颜六色的影人是老有庆一生的遗产，一百多件，都是牛皮做的。雨季过后，老有庆总要把所有的皮影都摆出来，等里里外外都晒透了，再仔仔细细地刷一遍桐油。现如今，已经没有多少人会做皮影，也没有多少人愿意学皮影了。后继无人，是民间艺术面临的普遍困境。和鼓书艺人、算命先生一样，皮影戏事实上已经名存实亡，在时代的大潮中提前退场了。

然而，皮影是有生命的，是艺人的说唱和操作，赋予它们鲜活的灵魂。皮影戏是一门即将消逝的生命艺术，活跃在枯燥的小辰光里，给一代代人送去了笑声。在印尼不少地方，皮影戏至今仍然是神圣的，是许多宗教仪式和节日庆祝中的一个重要环节。印尼语中，皮影戏被称作“wayang kulit”，wayang 的意思是“影子、灵魂”，kulit 的意思是“皮”。活灵活现的皮影，长期被印尼人视为神灵和祖先的灵魂。

2011 年，中国皮影戏入选“人类非物质文化遗产代表作名录”。在山西、陕西、山东、河南、浙江、福建、广东……皮影艺人又登上了久违的戏台，像一段面目模糊的往事，慢慢浮出了尘烟。然而，它终究已经远去，还愿意坚守的皮影艺人，越来越少了。尤其是在广袤的农村地区，随着时间的流逝，曾经的热土渐成荒漠。

说来也怪，我时常会想起忠平——那个天赋异禀的人，算起来，应该五十多岁了。他真姓夏吗？我不知道。挑签的两个人又姓什么呢？他们是胖还是瘦，是高还是矮，我已经完全没有印象。他们始终蹲在“纱亮子”后面，急管繁弦的影子一样，一曲唱罢，锣鼓声歇，一转身，便消失在茫茫的人海里……

烟灰色的苍穹

一

青砖墙，灰瓦房。从村口望过去，参天的绿树，掩映着层层叠叠的烟灰色的瓦。这是鼎盛时期的牌楼，人丁喧腾，六畜兴旺。瓦，分阴阳，凸的为阳，凹的为阴。阳瓦朝地，阴瓦朝天。瓦楞凹凸相扣，在屋脊两侧，扣出一个“人”字形。层次分明的瓦楞，梯田一样纷披下来，远望如鱼鳞。这是哲学和审美在穷乡僻壤的一次生动投影。不过在农家的屋顶，密如鱼鳞的瓦凹凸相扣，只为了遮雨走水的便利，既无关哲学，也无关审美。连绵起伏的瓦，构成了村落和人间的烟火景象。天地如巢穴。瓦，薄而脆，笼着我们的生命之巢。这是一小片倒悬的烟灰色的苍穹，我们在瓦下，穿衣、吃饭、睡觉、缝缝补补、生儿育女……瓦，让我们的生活有了安全感与温暖感。

农家的老屋大多上了年纪，尤其是屋顶上那根高突的横梁，长年累月，早已不堪风吹雨打。要是大雪连天连夜，横梁会猝不及防地爆出一声声脆响，被猛然惊醒的人，无不心惊胆战。然而，雪一停，担心就去了爪哇国，瓦还是那些瓦，梁还是那根梁。但老屋要是已经漏雨，情况就很糟糕了。多年的老屋，最怕的就是连阴雨。因此，每到梅雨季节，老屋的主人都要去请朱庄的朱瓦匠。和其他的手艺人一样，瓦匠也要称“师傅”，而且，在乡下，瓦匠师傅的尊崇地位，不可小觑。

乡下的瓦匠不少，但真正会修瓦、捡瓦的瓦匠师傅却不多。物以稀为贵。朱师傅知道自己的手艺，于是坐地起价，坐地起价还不算，他还有一套雷打不动的仪式：上屋之前，他要先祭拜姜子牙。为什么要祭拜姜子牙呢？民间传说，姜子牙封神，最后忘了给自己留一个神位，没地方了，于是委曲求全，将自己的神位放到了屋顶上。上房修瓦，要先祭姜子牙，否则会惊动他老人家。在姜子牙默默地享了香烛、得了纸钱之后，朱师傅才一丝不苟地穿好雨衣，扶着高梯，上屋捡瓦。朱师傅身量短小，双臂却很长，屋顶上的他像一只猿猴，在雨中跳跃腾挪，灵活自如。主人在雨地里仰着脸，悉听朱师傅的吩咐，朱师傅让递瓦他就递瓦，朱师傅让换梁他就换梁。没有犹豫，不惜代价。雨中的老屋，残缺的薄瓦，或许已经枯朽的横梁，一般人身重手笨，不是踩碎了瓦，就是立足不稳，哪里还能捡瓦分阴阳、修瓦不漏雨呢？能在屋顶上滑行自如的瓦匠，都是一言九鼎的人，吃香的，喝辣的，主家一丝一毫也不敢怠慢。

乡下人，敬畏瓦匠。某一年，小跑家的老屋漏雨，堂屋漏，灶台漏，床上也漏，小跑的母亲只好在床上撑着一把油纸伞，自己则顶着斗笠，在灶台边淘米、炒菜、做饭。小跑的父亲是个远近闻名的酒鬼，又好吃懒做，村里村外，谁家只要有红白喜事，他总会不请自来，讨酒喝。那一年的雨季特别长，小跑的母亲无计可施，最后好说歹说，总算请来了一个瓦匠师傅。瓦匠师傅是个老光棍，一人吃饱全家不饿，平时靠给乡邻打零工维持生计。打零工的，要价都不高，酒要喝足，饭要吃饱。然而，当老光棍喝过酒，吃过饭，顶着斗笠，在屋顶上捡瓦时，小跑的父亲突然醉醺醺地踹倒了梯子。老光棍探头一看，雨地里，小跑的父亲正指着他仰天长骂："你个狗日的，黑了心哒！今天你干也得干，不干也得干！"

左邻右舍从雨檐下探出头来，见是小跑的父亲，摇了摇头，又赶紧缩了回去。

老光棍暴跳如雷。屋顶上的瓦，一片接一片，从屋顶上飞了起来。

小跑的母亲当时正在灶台边洗碗，她一下子慌了神，冲到雨檐下，朝自己的酒鬼丈夫挥舞着锅铲，大声骂。骂完了，又向屋顶上的老光棍低声下气地哀求："师傅，你大人不计小人过。他不喝酒还算个人，喝了酒就是个鬼啊……"

"他不喝酒还算个人，喝了酒就是个鬼啊……"这话，已经成了小跑母亲的口头禅。每次酒鬼闯祸，小跑的母亲都要出面赔礼，做低伏小。祸事要是闯大了，母亲还会牵上小跑。看到怯生生的一言不发的小跑，乡亲们不禁止住了怒火。这母子俩，不容易啊！终于不忍再和酒鬼计较。哎！算了，算了。你们回去吧……每一次，见母亲在人前做低伏小，小跑都想躲得远远的，他想骂人，又不敢开口。每一次，小跑都眼含泪水，看乱下蛋的母鸡，咯咯咯，兴奋地钻出草堆……

小跑家的老屋其实很矮，老光棍甩动双手，纵身一跃，两坨泥浆随之溅了开来。当老光棍气呼呼地摘下斗笠，准备上前质问小跑的父亲时，小跑的父亲已经醉倒在雨地里，成了一摊烂泥。

小跑的噩梦，始于这个漫长的雨季。他的酒鬼父亲像中了邪一样，一到雨天就在村子里裸奔，天气一放晴，又恢复成了常人。这奇怪的病征让破罡街上的唐医生束手无策，发展到后来，只要天一下雨，唐医生就关上诊所，去县城进药。

小跑的母亲拜了巢山的土地庙，也拜了扫帚沟的桃花庵，最后，她牵着小跑，找到了立春妈。立春妈是个“过阴的”。“过阴的”，是通灵的人，俗称巫婆，尊称仙姑。在牌楼，立春妈的名气超过大队和公社两级干部，她穿行于阴阳两界之间，以自己之口，发亡魂之音。能去往阴间、让亡魂附身的立春妈成了救苦救难的观世音的化身，她一年忙到头，根本歇不下来，十里八乡，到处都有叫天天不应、叫地地不灵的人。然而，当小跑的母亲揣着二十颗鸡蛋，同时也揣着最后一丝希望找到她时，却被她委婉地回绝了，她说：“这是魔怔啊！仙姑管不了的……”小跑的母亲软磨硬泡，好说歹说，直把自己说得热泪滂沱。那时候，小跑已经念四年级了，他突然朝立春妈跪了下来，哭着说：“我求你了，求你救救我大大（方言，意为父亲）……”

小跑的跪求，让立春妈吓了一大跳。她一面心肝儿肉地拉起小跑，一面对小跑的母亲说：“你去问问那个捡瓦的，我是怀疑哦……”

小跑的母亲如梦方醒。乡下有一个流传甚广的说法，瓦匠会画符（符上写满了各种咒语），若是谁家慢待了他，瓦匠便会在瓦下画一道符，被诅咒的人家，轻的，几年不得安生；重的，或有血光之灾。虽然此说并无真凭实据，但乡下人宁可信其有，不敢信其无，只要是请瓦匠上房，就敬若菩萨，好吃好喝地招待着。

小跑的母亲如释重负。她千恩万谢，向一个常年搁在房门口，专门收礼的菜篮子里放鸡蛋。立春妈很宝贝这个菜篮子，藤条编的，提手上饱绽着温润如玉、光可鉴人的包浆。当小跑的母亲寻寻觅觅，费劲千辛万苦，终于找到那个捡瓦的老光棍时，老光棍正虚掩着破旧的木门，瘦骨伶仃地躺在床上。收音机里，是牌楼人耳熟能详的黄梅戏选段《天仙配》。

小跑的母亲有些犹疑，她一只脚已经跨进了门里，一只脚还搁在门外，进退两难间，老光棍一骨碌坐了起来。小跑说，他两眼放光，像一匹被猛然惊醒的狼。

在小跑母亲的再三哀求下，老光棍又去小跑家里捡了几次瓦。老光棍一来，小跑的父亲总会借故出门，牌楼的田野上，时常出现这样的场景：一道瘦削的远影，无所事事地扛着一把锄，像个飘忽的幽灵……那时候，大家已经习惯了他的魔怔，也已经习惯了老光棍来他家捡瓦。事实上，他的病态，已经奇迹般地消失了，甚至主动戒了酒，从里到外，仿佛换了一个人。不过，最大的变化还是他的自闭，碰到乡亲，他既不招呼，也不搭腔，一张枯脸，被刀劈斧砍过一样。擦肩而过的乡亲诧异地回头，他已兀自走远，一头白发。

二

和木匠一样，瓦匠的祖师爷也是鲁班。传说赵州桥是鲁班所造，但在扬州，又有“张班造桥鲁班修”之说，因此，扬州瓦匠尊崇的祖师，是张班和鲁班两个人，俗称“张、鲁二班”（张班，传说是鲁班的师兄）。无论张班还是鲁班，都足见瓦匠这门技艺，在我国已有相当悠久的一段历史传承。最早见于史书的瓦匠，应该是商朝的傅说。傅说原本是个做瓦匠的奴隶，一次偶然的机会，商王武丁发现了他的才华，不仅废除了他的奴隶身份，还破格提拔，最终让他做到了一人之下万人之上的丞相。作为一代明君，武丁没有看错傅说。史载，傅说才华出群，品德高尚，他辅佐商王开疆拓土，改善民生，商朝在他的推动下达到了巅峰。

鲁班和傅说，其实是瓦工，而不是上面写到的那种“捡瓦分阴阳、修瓦不漏雨”的瓦匠。随着时代的发展，那种薄而脆的瓦，烟灰色的瓦，已经从屋顶上消失了，随之消失的，还有捡瓦、修瓦这门技艺，以及专门上房捡瓦、修瓦的瓦匠师傅们。不过现在的“瓦工”也叫“瓦匠”，约定俗成了，没有人刻意区分。“工”

和“匠”虽是同义字，但若具体到“人”，“工”就是“工”，“匠”就是“匠”，两者并不完全相同。“东家壁土恰涂交，西舍厅堂初瓦了，南邻屋宇重修造。弄泥浆直到老，数十年用尽勤劳。金张第游麋鹿，王谢宅长野蒿，都不如手镘坚牢。”（《水仙子·瓦匠》）明人陈铎的这首小令，写的就是瓦工而非瓦匠，是专门盖房子的手艺人。

在牌楼，瓦工既不叫瓦工，也不叫瓦匠，叫“砖匠”。砖匠，准确而形象，盖房子离不开瓦（牌楼的房顶上，现在已经找不到几片瓦了），更离不开砖。牌楼的少年，要是念了初中考不上高中，或是念了高中考不上大学，最后一条“光明大道”就是去学砖匠。虽然盖房子的砖匠比不上专门捡瓦、修瓦的瓦匠那样受人尊敬，但砖匠收入高，只要出了师，一家人的吃穿用度，基本上就能够应付了。更重要的原因还在于，砖匠是一门不会被淘汰的手艺，一技在身，将来讨媳妇，就有了讨价还价的资本。乡下人的价值观是“实用主义”，掌握一门过硬的手艺，就等于温饱了一生。

凡事有一利，大多有一弊。做砖匠的弊端是显而易见的，砖匠苦，比木匠、篾匠、修锁匠、铁匠、弹棉花的、剃头的……都苦。砖匠，起早贪黑，一年四季都在外面站着，冬天北风呼呼地吹，夏天日头火辣辣地晒……春秋两季气候好，但春种秋收，这两季盖房子的农家少之又少。做砖匠的，其实自己并没有选择的余地，只能任北风吹，任日头晒。几年做下来，人就被风吹老了，被日头晒干了。更苦的是腰，出门的时候还是直的，回来的时候已经弯了。弯了还不算最苦，最苦的，是渐渐突出的腰椎。白天，拉扯着，钻心的痛；夜里，躺不下来，只能和衣而“睡”。那已经不是睡了，是靠——拿厚厚的枕头抵着腰，靠着睡觉。想想吧，那还能叫睡觉吗？那只能叫受罪啊！

吃苦和受罪还在其次，砖匠还是一个危险系数极高的行业。那些年，雇佣双方的安全意识都很淡薄，唯一的安全设施，就是一个临时搭起来的松松垮垮的脚手架。年轻一些的砖匠更加麻痹大意，他们甚至不戴头盔，赤手空拳地行走在脚手架上。常在河边走，迟早要湿鞋。那些年，飘摇的脚手架上，湿滑的屋脊上，总要摔死一两个起早贪黑的牌楼的砖匠。自然也有人幸运地逃过一劫，或者摔断了胳膊，或者摔断了大腿，于是吵架，群殴，打官司。官司也不是真打，乡里乡亲的，抬头不见低头见，最终，还是中间人出面协商，赔钱了事。

死的死，残的残，牌楼人的生活还在继续。几十年了，就算再苦，再累，再危险，依旧有一拨又一拨牌楼的少年，义无反顾地奔向高高的脚手架。十七岁的小跑，也在高考来临之前，成为其中的一员。

当父亲在一个暴雨倾盆的夏夜大口咳血，溘然长逝后，小跑的漫长雨季终于结束了。下葬那天，小跑捧着父亲的画像（乡村画师的手艺，类似于素描），走在队伍的最前面。雪白的招魂幡连天蔽日，在小跑的身后迎风招展，呼啦啦的，像一记又一记破空而来的耳光。小跑的母亲在恸哭，小跑的祖母在恸哭。长长的队伍里，呜咽声此起彼伏。小跑知道，他应该像母亲和祖母一样哭，他也很想哭，但他就是哭不出来。

做完了“头七”，又做完了“二七”“三七”“四七”……一直到“七七”，四十九天，小跑如释重负，他身上的重孝，终于结束了。那是崭新而自由的一天，空气清新，阳光热烈。十七岁的小跑毫不犹豫地扔掉了书包，他兴冲冲地，几乎有些兴高采烈地，求二伯带他学砖匠。

小跑的二伯是老师傅了，名声在外，牌楼年轻一批的砖匠，十有八九是他带出来的。但小跑的请求让二伯非常为难。小跑个子小，文文弱弱的，像个白面书生，二伯怕他吃不了这份苦。然而，小跑的父亲尸骨未寒，那一份重托，他又不忍辜负。他记得，小跑的父亲临终前曾握着他的手，久久地，无力地晃着。那张刀劈斧砍的脸毫无血色，胸口剧烈起伏，山呼海啸，一句话也没有说……那冰凉而虚弱的一握，还留在他的手心里，蓄满了不甘与不舍，历历如在眼前。他太为难了！一时竟不知如何决断。一番思想斗争后，他郑重其事地登门，劝小跑用功读书，将来考一所理想的大学。他动之以情，晓之以理，劝得苦口婆心，小跑却不说一句话，像是在听一件和自己无关的事情……小跑的母亲热泪横流，她一面幽怨地盯着儿子，一面感激地瞟着二伯。从小跑扔掉书包那一刻起，她的心里，就盛满了大把的自责与愧疚。

她的自责与愧疚，并不完全是因为小跑。小跑的父亲过世之后，牌楼人看她的眼光就变了。死亡，遮盖了一个人所有的污点。牌楼人都在私下里叹息，小跑的父亲纵有千般不是，但他的壮年早逝依旧让乡亲们扼腕。男的之所以壮年早逝，是因为女的做了“雷打的事”——这是牌楼人一贯的思维逻辑，毫无道理，却毋庸置疑。

随后的那段日子，每天天刚蒙蒙亮，早起的牌楼人都能看到小跑，抱着肩膀，蹲在二伯家的大门口。二伯到哪，小跑就跟到哪，风雨无阻。二伯这才知道，自己不仅小觑了小跑的决心，也低估了小跑的意志，他想学砖匠并非心血来潮，而是吃了秤砣，铁了心了。

二伯拗不过小跑，再次出工时，便递给小跑一把崭新的砖刀。小跑感激地看着二伯，幸福地抚摸着砖刀，呵呵呵，一脸傻笑。

木匠的斧子，砖匠的刀。这是祖师爷传下来的规矩。每一个砖匠，都有一把随身携带的砖刀，学徒也不例外。砖刀，既是一个古老行业的标志性工具，也是从业者的一个指向性符号。

二伯教小跑掺水泥砂浆。一开始，二伯自己掺，小跑闷声不响地站在旁边，低着头，看。两天之后，二伯就让小跑直接上手了，他自己坐在砖头上抽烟，看着小跑掺。小跑在二伯的注视里耳热心跳，额头上滚出一层又一层豆粒大的汗。二伯看出了小跑的紧张，就说，你掺你的！又说，要凭自己的手感。手感，什么手感？小跑有些懵懂，问二伯，二伯吐出嘴里的烟蒂，一时竟答不上来。答不上来却又不好明说，只好佯装没有听见。

掺水泥砂浆，是学砖匠的第一课，而且是必修课。水泥砂浆的比例，直接关系着墙体的结构与质量，因此，只有掺好了水泥砂浆，师傅才会让徒弟接着往下学。先是打屋基，然后才是砌墙。房子要打多深的屋基？老实说我并不知道，我只知道屋基的下面都垫着长条形的青石，夯实了之后，再在青石上面砌墙。后来村里有了楼房，楼房的屋基更讲究一些，在青石上浇灌钢筋水泥，然后再砌墙。砌墙是个细活，我曾在小跑身边仔细观察过，大致步骤如下：

一、放样。先将地面清理干净，找出要砌墙的位置，弹出墨线，要确保线条垂直。二、浇水。砌墙之前，砖要放在水里过一遍，过过水的砖，对水泥砂浆的附着力会强一些。三、吊线。在墙体的头尾两侧，分别放垂直线和水平线，确保墙体不发生偏移。四、砌砖。砌砖时，砖与砖之间的缝隙大约在一厘米，中间用水泥砂浆填充。砌砖的方式也有讲究，砖块要以“交丁”的方式进行堆叠，交丁又分为“三顺一丁”“一顺一丁”“梅花丁”三种形式。

“三顺一丁”“一顺一丁”“梅花丁”，这些都是小跑的说法，当时，小跑把砖头摆在地上，向我耐心地打比方。小跑一摆砖头我就看懂了，但现如今，许多年过去，记忆里一片漫漶，印象极为模糊。2013 年，我装修新房，装修公司派来的瓦工是个姓刘的年轻人，话多，精明，妻子也在公司里干活，油漆工。有一次闲聊，我问小刘什么是“交丁”，小刘先一愣，接着便满嘴跑火车，顾左右而言他。云山雾罩的小刘让我疑心，这些专门按图纸施工的瓦工，其实已经不会盖房子了，他们的手艺，来自各种批量生产的速成班。当然，也有跟在师傅后面学出来的，但在这个物欲横流的时代，学徒们的心态已经变了，他们的终极目标，就是快速脱贫。现如今，装修公司多如牛毛，虽鱼龙混杂，利润却不菲，手艺好的瓦工，收入早已超过普通的工薪阶层。就连那些蹲在街头，守株待兔的瓦工都已经按天收费了，他们在路边搁一块牌子，上面写着歪歪斜斜的两个毛笔字“瓦工”。一天两百八。一趟问下来，差不多都是这个数，不还价。

这个狂飙突进的时代，需要大量的瓦工。是瓦工们的批量生产，让一座座飞速扩张的城市日新月异，欣欣向荣。遗憾的是，小跑没能赶上这样的时代，在这样的时代到来之前，他就成了一个“废人”。

三

砖匠其实并不难学，悟性好的学徒，半年就能出师了。小跑学得专心，二伯教得用心，因此还不到半年，小跑就能单独干活了。按老规矩，学徒只要出了师，就应该另起炉灶，也只有另起炉灶，才能名正言顺地领一份工资（刚出师的学徒，工资只有师傅的一半）。但小跑的年纪实在太小了，二伯不放心，只要有活干，依旧带着小跑。然而，二伯的善意并没能赢得牌楼人的理解，大家在背后窃窃私语，并将风言风语有意无意地，递给小跑的母亲。

小跑的母亲，本是一个通情达理的农村妇女，但长久的寡居、小跑的叛逆，以及大家对她的冷遇，将她的心性慢慢扭曲了。她从风言风语里冲了出来，双手叉腰，大声咒骂，污秽不堪，像个恶毒的泼妇。

虽然她在指桑骂槐，但大家都知道她在骂谁，也知道她为什么要骂。不过，小跑的二伯家始终大门紧闭，自始至终，没有一个人出门应战。

就在那场叫骂后不久，小跑就离开了牌楼，漂泊于他乡，成为牌楼第一批在工地上干活的砖匠。一开始，小跑做不了砖匠，只能做小工，他看上去太小了，身板又弱，没有一个老板敢让他上脚手架。因此，小跑在工地上拎了四年的泥桶，直到碰上一个好心的老师傅。在老师傅的一再推荐下，小跑终于拿起久违的砖刀，在工地上砌墙。

世事难料。如果小跑不学砖匠，如果学了砖匠而不离开牌楼，如果离开牌楼而没有遇到那个好心的老师傅，或许，小跑的人生将是另一番景象。然而，人生没有如果，今天过去就成了昨天，每一天都是现场直播。

小跑是从三层楼高的脚手架上摔下来的，命保住了，腰部以下却失去了知觉。当小跑坐着老师傅送的轮椅，回到阔别多年的牌楼时，他半瞎的母亲先是喜极而泣，接着便晕倒了。乡亲们从四面八方围了过来，连卧病在床的立春妈也下了地（年迈的立春妈体力不支，已经不帮人“过阴”了），老人一只手颤巍巍地拄着拐棍，一只手抓着小跑，“我的伢啦，回来就好，回来就好……”那一刻，小跑的泪水突然像泉水一样喷了出来，他一直哭，一直哭……他原本以为，自己已经不会哭了。

就在那年春节，我去看小跑。母子俩还住在那栋老屋，陈旧而低矮，在一栋又一栋楼房的阴影里，像一座随时要倒塌的草堆。一条黑狗卧在草堆前，汪汪汪，老远就冲我叫。在黑狗的叫声里，小跑的母亲迟疑地探出头来。她差不多全瞎了，一只手搭在门环上，呵斥着黑狗。黑狗终于收了声，我急忙说：“小跑在吧？我来看看小跑。”小跑的母亲抹起了眼泪，朝屋里努努嘴，说：“在，躺着呢。”

进门就是堂屋，光线阴暗，地面潮湿，充盈着一股刺鼻的尿臊味。堂屋正中摆着一张餐桌，堂屋的左边挤着一张床。我一进门，床上昂起一个灰白的脑袋，见到我，先是愣了愣，接着凄然地一笑，“你坐！”又叹了一口气，说：“我是一个废人了……”他的手，弯在被窝外面，苍白，皱巴巴的一层皮，包着纤细的骨头。我一时语塞，想安慰他，又不知道如何开口。更让我黯然的是他的脸，和手一样皱巴巴的，看上去，仿佛一个风烛残年的老人。而小跑，其实只长我两岁，还没有结婚。我知道，当年的小跑，已经在残酷的岁月里走失了，躺在床上的这个人，只是一个心灰意冷的从前的砖匠。

进门之后，小跑的母亲就贴在我的身边，不说话，双手颤抖，不时用衣角抹一抹深陷的眼窝。这个饱经沧桑、命运多舛的老人，已经被沉甸甸的岁月慢慢压垮了。老，是一座深渊，她在其间急速下坠，内心呼啸着苍凉的风暴。

小跑坐回来的轮椅正对着床头，上面摆着一只搪瓷茶缸，一支牙刷，半管牙膏；一口蓝花碗，上面搁着一双筷子，几根脏兮兮的塑料吸管；一叠散开的卫生纸；一面只剩半边的镜子；一台枣红色的收音机，支棱着细长的天线……轮椅上的这些物件，维系着小跑的日常生活，被禁锢的余生，甚至他的全部。

临走时，我在小跑的床头放了一些钱，他脸色突变，挣扎着，试图坐起来，说：“你来坐坐就好……”我不敢看他，转身欲走，却被老人叫住了。老人摇晃着我的手，热切地说："伢啦，你哪天再来家吃饭，可好？"我应了一声，黑狗又汪汪汪地叫了起来。老人却不肯放手，她凑近我的耳朵，细声细语地说："真作孽哦！下身都烂了……"我顿住了，心里鼓荡着难言的痛楚。我正欲接话，猛然间，一抬头，便见对面的墙上，挂着小跑父亲的画像。相框上灰尘密布，小跑的父亲面目模糊。

那一刻，我竟有些恍惚。相框里那张模糊的画像，神情像极了床上的小跑，而床上的小跑，竟然日夜面对父亲的画像——他是在忏悔，还是在祈祷？我不知道。

日暮苍山，夕阳西下。人家的炊烟，缭绕在霞光万丈的树枝上。春节前后的牌楼总是喧闹的，那些拖家带口常年在外务工的人，又候鸟一样，成群结队地飞回来了。

生缝寸尺心

一

我读初二那年，破罡街上忽然开了一家裁缝店。卷闸门拖下来，不大的门脸。围过去一看，一排红黑相间的缝纫机后面，闪出一张白白净净的脸。是大胡，胡为民，方圆数里，鼎鼎大名。

从小到大，大胡一直很斯文，像戏台上的白面书生。书生一样的大胡偏偏不是一块读书的料，初三复读了三年，还是考不上普通高中。父母亲正在伤脑筋呢，大胡却不肯再读了，死活要去学裁缝。裁缝多女工，一个大小伙子，就算不愿意读书，也可以去学木匠、瓦匠、漆匠、理发……为啥要学裁缝呢？父母想不通啊，死活不答应。大胡的反抗也是斯斯文文的，他安安静静地躺在床上，不哭不闹，不吃不喝。这一招太狠了，此时无声胜有声。“你困，你困，有本事你困到死！”大胡无声的胁迫，让父亲暴跳如雷，他无法压制满腔怒火，最后干脆在大胡的房门上，落上了一把生锈的铜锁。面对父亲的盛怒，大胡依旧一言不发，他像个病人一样一动不动地躺在床上，除了窗棂里泄漏的一缕天光，整个房间幽暗之极，仿佛在时光里沦陷了。

这场无声的战争最终以父亲的失败而结束。五天后，当忐忑不安的父亲悄悄打开大胡的房门，看到双目无神、两颊凹陷、气若游丝的儿子时，父亲一下子傻了！他做梦也没有料到，这个看上去斯斯文文的儿子，居然生了这样一颗狠毒的心。奄奄一息的大胡终于赢了！站在儿子的病床前，父亲无奈地叹了一口长气：“你这么想学裁缝，总有一个原因吧？”

“就是想……”在父亲的追问里，从死亡线上挣扎过来的大胡，最终只给了这样一个语焉不详的回答。不过，父亲此时已经无心深究了，当儿子的身体完全康复之后，父亲便将他送进扫帚沟街的裁缝店里，当了一名学徒。那时候，扫帚沟街还只有一家裁缝店，因为独此一家，所以连一块招牌都没有。麻雀虽小，五脏俱全，老板夫妻俩的分工非常明确。老板娘早年师从老板，结果学到半路，两人就成了夫妻。老板是一个性格温和的人，他负责带大胡和其他几个学徒，加班加点地干活；店里的其他事情，比如接单子，结工钱，安排伙食，学徒请假，都是风风火火的老板娘说了算。老板娘训斥学徒的时候，老板像一个两耳不闻窗外事的长工，从来不插话，也很少出面圆场。大家都知道老板惧内，女学徒都不敢在脸上下功夫，甚至很少穿颜色鲜艳的新衣裳。

裁缝是一门技术含量较高、实践性极强的手艺，按照行规，一个学徒要想真正学出师，单独接活，至少要在裁缝店里学三年。第一年，学徒专门帮师傅量尺寸，腰围、胸围、臀围，要准确无误；肩宽、臂长、腿长，要分毫不差。一开始，学徒面子薄，量“三围”的时候经常面红耳赤，眼神总是飘飘的，皮尺总是垮垮的。师傅都是过来人，他一面和顾客说闲话分徒弟的心，一面悄悄地微调徒弟报给他的尺寸。等过了心理这一关，学徒就有些不耐烦了，嫌它单调，枯燥，没有技术含量，师傅的脸于是黑了下来，黑下来却不发话，第二天学徒还得乖乖地继续量。遇到那种心浮气躁的学徒，师傅只好板起脸训话：“裁缝是做什么的？裁缝就是量体裁衣的。先量体，后裁衣！你连走都不会，就想跑了吗？啊！”这个“啊”拖着长长的尾音，迸发出师傅的不容置疑的威信。做师傅的，往往是说一半留一半，那留下来的一半，就看徒弟自己的悟性了。老话说：“师傅领进门，修行在个人。”比如说，“量体”和“裁衣”之间，究竟有什么必然的联系呢？悟性高的，从此老老实实地量，量完了，还要在心里默默地盘算盘算。到了第二年第三年，关键了，怎么做上衣？如何裁裤子？师傅才会循序渐进地告诉学徒。师傅的“告诉”依旧是说一半留一半，其他的，你得自己慢慢悟。等你终于熬到了出师，你依旧搞不懂“量体”和“裁衣”之间的隐秘联系，事实上，它也只能意会，不可言传。出师之后的学徒，因此大多需要一段漫长的实践时间，他也只能通过一次又一次实践，检验并提高自己的技艺。等媳妇终于熬成了婆，多年之后，当年的学徒也成了师傅。当从前的学徒现在的师傅再次回首自己的学艺经历时，他总会在某一个时刻幡然醒悟。一切都释然了，他会在心里默默地感念当年的师傅。

一个出色的裁缝，他思忖的并不是具体的尺寸，而是一具具需要修饰的身体，他要通过自己的设计，将一具具需要修饰的身体完美地呈现出来。为了最大限度地呈现美，一个出色的裁缝，需要在腰围、胸围、臀围，肩宽、臂长、腿长之间，裁定一个黄金分割点，这个黄金分割点，是一个最接近完美的比例。但这个“点”太难把握了，为了这一“点”，无数裁缝付出了毕生的时间。裁缝这一行有一个传说，说有一位大师遗下一部奇书，哪朝哪代姓甚名谁都不清楚了，只知道书名叫《神尺经》。书中记载了裁制衣裳的各种奇异门道，最神奇的，当属“眼尺”。何谓“眼尺”？就是用眼睛丈量身高、三围等尺寸，一双眼睛就像尺子一样。世上有没有这样的神技？我相信是有的，无他，唯眼熟尔。

学徒都是义务劳动，不仅没有钱，生活还很苦。乡下的日子，还能怎么苦呢？一天两顿菜泡饭。菜泡饭就是水煮剩饭，加一棵剁碎的大白菜，放点盐，一小勺猪油，大火烧开。汤汤水水地盛上来，清的清，绿的绿，是贫寒岁月里难得的美味。然而，如果一年到头都是这样的菜泡饭，那还是美味吗？没有几个小伙子能吃下这份苦，在大胡之前，干得最长的一个男学徒也只吃了五个月。只有大胡不声不响，从不抱怨。大胡的隐忍与坚持让师傅刮目相看，师傅说，你只要学两年。大胡虽然窃喜，终究将信将疑，再看师傅，正端着一碗菜泡饭，不用筷子，直接埋着头，大口吸溜。

师傅埋头吃菜泡饭的样子，就像一个刚进门的学徒。

量体裁衣，大胡果然只用了两年，他裁出来的上衣和裤子，竟比穿了多年的旧衣服还要妥帖，像长在身上一样。出师之后的大胡并没有离开裁缝店，按照规矩，提前出师的学徒要留下来帮忙一段时间。不过出师之后的学徒就该拿钱了，但大胡离开裁缝店的时候，却一分钱也没有拿，老板娘于是拉着大胡的胳膊，不让走。大胡红着脸，眼睛看着远处，说：“我想自己开个店。我不在扫帚沟开……”老板娘瞬间松了手，她吃惊地看着大胡，好半天之后才撂出一句话：“管你在哪开，咱们井水不犯河水！”

后果严重了，老板娘话里话外，有一种要将大胡逐出师门、老死不相往来的意味。大胡心里明白，老板娘说得如此决绝，完全是因为自己犯规在先。出师不满三年的学徒，可以接活，但不能开店，这固然是尊师的传统，但更重要的原因还在于，裁缝是一门实践性很强的手艺，很多学徒都是在出师两三年之后，才勉强成为一个合格的裁缝。现如今，大胡才学了两年，居然就想单干了，天底下哪有这样的道理呢！

老板娘的决绝，并没有改变大胡的主意。当大胡在破罡街上不声不响地张罗自己的裁缝店时，忍无可忍的老板娘终于怒气冲冲地找到了大胡的父亲。面对老板娘一连串的质问，大胡的父亲羞愧难当，他一个劲地作揖：“不是我不管，是我无能……”大胡当年死活要学裁缝的事情老板娘也有所耳闻，不过，当听到大胡的父亲当面复述时，老板娘还是大吃一惊。她知道，自己根本就阻止不了大胡，这个嘴唇上半根胡须都没有的白面书生，骨子里是一头“笑面虎”，他的坚韧和冷酷，能杀人。

大胡是个天赋极高的裁缝，他的裁缝店一开张，便势不可挡地红火了起来。大胡不仅会做师傅教过的男裤和女裤，连师傅没有教过的西装、裙子、衬衣……也会做。大胡不是照葫芦画瓢，而是在图纸的基础上另有突破，大胡裁出来的款式，许多人连见都没有见过。“过新年，做新衣。”二十世纪九十年代，牌楼的男女老少，都穿过大胡做的新衣。

一个裁缝居然能够如此风光，大胡的父亲做梦也没有想到。当男女老少都穿着儿子裁制的新衣欢天喜地地过年时，父亲的眉头终于完全展开了。

二

裁缝是与衣服同时诞生的一个古老职业。早在千年前，我们的祖先就把身边能找到的各种材料做成简陋的“衣服”，用以遮身蔽体。清代顾张思《土风录》载：“成衣人曰裁缝……盖本为裁剪缝缀之事，后遂以名其人。”裁缝也叫“成衣匠”“缝人”，过去的宫廷里就设有掌管缝纫之事的“缝人”。从这个意义上来说，是“裁缝”改变了人类最初的裸体形态，让人类走向了文明。

人类最初的衣服是由兽皮做成的，而后，人类有了简单的纺织生产，采集野生的纺织纤维，搓、绩、编织以供穿戴。随着时间的推移，农牧业的发展，人工培育的纺织原料逐渐增多，制作

泥瓦匠　　摄影 / 周曼雄

老裁缝　　摄影 / 彭道德

服装的工具也在不断改进。缝纫，原是母系社会的文明，直到缝纫机的出现，“缝纫”这个母性的动作，才逐渐变成了中性，缝纫机边上，开始有了指长脸白的男裁缝。在二十世纪八十年代的牌楼小村，“蝴蝶牌”缝纫机，是姑娘们梦寐以求的嫁妆之一。另外两件梦寐以求的嫁妆，是“梅花牌”手表和“飞鸽牌”自行车。当这“三大件”不可兼得时，姑娘们权衡再三，最终还是会选择“蝴蝶牌”缝纫机。缝纫，既是一种自己动手丰衣足食的生活主张，也是一种勤俭持家的生活态度。那些由缝纫机陪着从牌楼走出去的姑娘们，谁不期望过上风生水起的新生活呢？

从母亲的床头开始，从一针一线开始，牌楼的姑娘从小就会一些简单的缝纫活。在大胡开店之前，到牌楼做活的裁缝师傅姓田，手艺好，人也和善，说话轻言巧语，男女老少都喊他“老田”。老田每次来都不能安生，大姑娘小媳妇轮流围着他，你一言我一语，讨教的都是很关键的手艺。老田从来不驳人面子，听完了，笑笑，然后手把手地教。是真的手把手，诲人不倦的老田，经常招来一些不三不四的玩笑。老田在牌楼做了十几年的衣服，硬是没有招到一个学徒，他怎么能招到学徒呢？虽然大家都知道老田根红苗正，但众口铄金，一个玩笑开久了，大家便会信以为真。听母亲说，老田是很想招我大姐的，他夸我大姐心细，人也机灵，至少夸了两三年。母亲不愿意，大姐也不愿意，每次老田一来，母亲就让大姐去走亲戚，或者干脆躲在房间里。

有一年腊月，老田很迟才来牌楼做衣服。他吃力地担着缝纫机，身子已经弯了，远远看去，像一张随时都有可能崩断的弓。

更要命的是，老田的眼睛已经老花，布料上的针脚已经看不清楚了，裁剪时，时常自言自语，不断调整自己的坐姿。做衣服的人站在旁边，不放心地问：“你这样可照啊？”老田头也不抬，底气很足地回应：“照。你放一百二十四个心！”怎么可能放心呢？做衣服是一件挺大的事情，于是继续盯在旁边，像个监工。

这是老田最后一次来牌楼做衣服。他已经老了，坐一个下午，腰酸背痛，还时常眼前发黑，站都站不稳。不过老田自己并不服老，他拎着衣服，指着纹丝不乱的针脚，问人：“裰错了吗？我可裰错了？”被问的人只好夸他，夸完了，两个人都笑。之后，大约隔了两年，谷雨就嫁过来了。

谷雨嫁过来的时候，嫁妆里最抢眼的，是一台枣红色的缝纫机（具体的牌子，我已经没有了记忆）。成亲的当晚，孩子们蹲在堂屋里吃糖，姑娘和媳妇们黏在缝纫机周围，像一群喜鹊，叽叽喳喳。谷雨名声在外，她自幼心灵手巧，十五六岁时，就会自己给自己做衣服。那时候，布料是可以当礼送的，而且是很重的礼，家家户户的箱子里都卷着一两尺，留到过年做衣服。十五六岁的谷雨正是爱美的年纪，她偷偷翻出布料自己裁剪，等父母亲发现的时候，布料已经是成衣……谷雨没有学过一天裁缝，她的手艺，完全是从一针一线里慢慢摸索出来的。手巧的谷雨受到大姑娘小媳妇们的一致欢迎，嫁过来的那年腊月，谷雨成了一个地地道道的忙人。寂静的夜晚，谷雨的缝纫机“嗒嗒”“嗒嗒嗒嗒”，像发报机，一直转到大半夜。窗棂上的灯光，映照着谷雨那张不知疲倦的脸。

造化弄人。心灵手巧的谷雨，一直没有生养，公公婆婆四处求人，讨尽了各种稀奇古怪的偏方。在乡下，不能承袭香火，是一个女人最大的缺憾，一辈子都抬不起头，只能在田里当牛做马。不堪羞辱的谷雨拽着丈夫去了一趟县医院，结果，有问题的却是丈夫。泼辣的谷雨固然证明了自己的清白，却把一个家庭推进了绝望的深渊。原本只在背后指桑骂槐的婆婆开始当面责骂谷雨，更让谷雨无法忍受的，是丈夫开始酗酒，以及酒后对她近乎疯狂的折磨。谷雨既不敢反抗，也不敢哭喊，被酒精覆盖的谷雨，像一块腐烂的散了架的木头。

眼圈乌青的谷雨，成了牌楼人茶余饭后的笑料和谈资。在乡亲们的窃窃私语里，谷雨成了两个完全不同的女人，一个是心灵手巧的谷雨，一个是“肚子那么不争气”的谷雨。当大姑娘和小媳妇也渐渐疏远了谷雨时，谷雨的世界终于像那些无眠的长夜一样，完全黑了下来。“秋霜欲下手先知，灯底裁缝剪刀冷。”（白居易《寒闺怨》）漫漫长夜，陪着谷雨的，只有那台簇新的缝纫机。

做母亲，是所有女人的软肋。夜深人静的时候，谷雨用一块又一块边角料，缝制了一件又一件婴儿的贴身小衣。然而，谷雨哀怨的泪水，始终唤不醒已经被酒精深度麻醉的丈夫。某个盛夏的夜晚，当醉醺醺的丈夫从她的身上软塌塌地滚下来之后，绝望的谷雨，用缝纫机上的那把锋利的剪刀，剪断了丈夫的生殖器。

丈夫活了下来，谷雨死了。剪断丈夫的那一把利器，深深地插进她的心脏里。

三

“慈母手中线，游子身上衣。临行密密缝，意恐迟迟归。谁言寸草心，报得三春晖。”每次读孟郊的这首《游子吟》，我总会想起寒夜里，偎着煤油灯，为我缝补破衣烂袜的母亲。母亲一生朴实节俭，我也视节俭为最大的美德。在多年的城市生活中，我从不追名牌，已经不能再穿的旧衣服，我也一件件地压在衣柜的最底层。我不是守财奴，也不是吝啬，我是觉得旧衣上附有自己的体温，裹挟着一段如影随形的光阴。

每次回牌楼，我都要穿过破罡街，经过大胡的裁缝店。曾几何时，我的小村已经空了，寂静的夜晚，再无机杼声，灯火星星点点，像一座盛大的荒凉的坟墓。和空空的牌楼一样，大胡的裁缝店也已今非昔比。当“过新年，做新衣”渐渐变成“过新年，买新衣”时，遍布大街小巷的裁缝店有的改头换面，有的销声匿迹，乡下的裁缝都收起了缝纫机。只有大胡的裁缝店一直没有关门，虽然一年守到头，只有零星的几笔生意。大胡做了三十多年的裁缝，缝纫是他的全部精神寄托，他放不下，更扔不掉。

“以前东西坏了要修，现在东西坏了就扔。衣服也是啊！”大胡说。那一次，大雨滂沱，破罡街人迹寥落。大胡独自一人，枯坐在缝纫机边上，失神地望着无边的雨幕。我心黯然，一时间竟无话可说。在漫长的乡下岁月里，当年那个风光无限的胡裁缝已经老了，他佝着身子（或许是经常弯腰的缘故，男裁缝的身子都有些佝），头发花白，愁容笼罩着一张混沌的脸。

大胡的阁楼上，还藏着一匹二十世纪八十年代流行的瓦蓝色的花布。大胡吃力地扛了出来，在水泥地上一层层铺开。花布真暖啊！我摸了一遍又一遍，说：“再放放，就成老古董了！”大胡笑眯眯地，问我：“你可是想买？”我的确想买，却又有些犹豫，心里涌起万般不舍。

这种瓦蓝色的花布，母亲年轻时穿过，母亲那一辈的老人，都穿过。但现在，谁还穿这种料子呢？再说，也没有裁缝愿意费时间去做。在冷寂的枯守岁月里，大胡修长的双手，已经生了。

我家附近的巷子里有一家灰头土脸的裁缝铺子，裁缝师傅和我差不多年纪，她无事可做的时候，女儿就趴在缝纫机上写作业。人到中年之后，身体发福，我几乎穿不惯任何一件成衣。我的许多衣服，都是经她改过的，也只有改过的衣服，我才觉得熨帖。她改衣服的时候，我就搬张凳子坐在门口，看好半天。她一面陪我闲聊，一面手推脚踩，配合默契，气定神闲。在成衣已经高度机械化的今天，街头巷尾，这样的裁缝店已经很少了，能动手改衣服的裁缝则更少，许多裁缝已经连缝纫机都踩不准了。可不要小看这个“准”，把缝纫机踩“准”，这是一个裁缝的基本功。过去，师傅要专门教学徒怎么踩，“眼到了没？”“手到了没？”“心到了没？”师傅问得云淡风轻，学徒听得胆战心惊。眼到，手到，心到，谈何容易啊！

传统的手艺在逐渐消亡，一些汉字也跟着“殉葬”，比如“绱”这个字，许多人一辈子也写不到它。“绱”是什么意思呢？《新华字典》解释：“把鞋帮、鞋底缝合成鞋。”组词是绱鞋，但平常我们不说绱，说做，做鞋。另一个裁缝活我们都很熟悉，“缲”，这个“缲”字，许多人一辈子也写不到它。《新华字典》解释：“做衣服边儿或带子时藏着针脚的缝法。”组词是缲边，但平常我们很少说缲边，一般都说锁边。“绱”和“缲”，这两个和传统有关的汉字，已经从我们的口头语和书面语里消失了。

消失的，何止是两个汉字呢？

弄斧记

在牌楼的手艺人当中，最受孩子们欢迎的，其实并不是剃头的胡福，而是唐木匠。当笑眯眯的唐木匠拎着寒光闪闪的斧子出现在村口时，孩子们就知道，他们又能吃到肥得冒油的红烧肉了。在牌楼，肥得冒油的红烧肉只出现于两个特定的时间段，一个是逢年过节，另一个就是谁家请来了久负盛名的唐木匠。唐木匠的饭量并不大，也不好喝酒，却偏偏爱吃红烧肉，他能够天天吃，顿顿吃，百吃不厌。红烧肉切成鸡蛋大，唐木匠一口包下去，眯起双眼嚼，嘴角很快渗出一汪油。此时的唐木匠，像极了一个大口吃肉的活菩萨。

肉香扑鼻。唐木匠的咀嚼成了肉香的催化剂，唐木匠的口腔成了肉香的加工厂。孩子们远远近近地站着，响亮地咽着唾沫。女人心疼孩子，折到灶屋，从灶台上温水的井罐里端出一盏小平碗。两块半肥半瘦的红烧肉埋在碗底，抖动着闪亮的油光。这是唐木匠带给孩子们的口福。他的到来，意味着小村牌楼迎来了一个盛大的节日。

牌楼出过不少木匠，但唐木匠的名气实在太大了，县域内外、十里八乡的老人都知道牌楼有个会做寿材的唐木匠。唐木匠打造的寿材严丝合缝，浑然天成，连一根榫头都看不出来，整具寿材，活像一件用模具锻压出来的完整的艺术品。唐木匠知道自己的手艺，也格外爱惜自己的名声，仅我们一个村，想拜他为师的年轻人就排成了一条长龙。在那些走村串巷的日子里，唐木匠给自己定下了一套近乎严苛的择徒标准。家长带孩子来，唐木匠总是笑眯眯地，他既不问年龄，也不问读过几年书，而是递上一把锃亮的斧子。唐木匠家有一个专门的杂物间，里面码着一大堆残缺的木凳子，唐木匠让来拜师的年轻人选择其中的一条，自己加工。年轻人愣住了，久久不敢动手，不知道唐木匠的葫芦里究竟卖的什么药。也有本村本族的“初生牛犊”拎起了斧子，但几板斧砍下来，唐木匠就摇了摇头。失望的年轻人依旧不明所以，想追问其中的缘由，又不知道如何开口。

家长都知道，唐木匠一旦摇头，孩子他就不会再收了。任你如何哀求，他只是笑，顾左右而言他，始终不肯松口。几个回合扯下来，大家也就明白了唐木匠的规矩，带来的“拜师礼”，出门的时候再原样拎走。在牌楼，拜师礼是固定的“老三样”：两瓶高粱大曲，两条“红塔山”或“阿诗玛”，两条怀宁贡糕。除了这必不可少的部分，也有拜师心切的家长，投唐木匠所好，再额外配上两斤厚墩墩的五花肉。这额外配上的部分，自然不好再拎走，乡里乡亲的，抬头不见低头见，拎走便伤感情了。不过是两斤五花肉。唐木匠也时常佯装不知，他笑眯眯地，不停地作揖，恭恭敬敬地将家长送到大门口。

凡事都有例外。葛维茂，我的初中同学，中考失利后想投到唐木匠的门下，为此他勤学苦练了一个暑假，终于练得有些样子了，便让老父亲领着，信心满满地去找唐木匠。胜券在握的葛维茂迫不及待地跨进唐木匠的杂物间，当他甩开膀子，准备用自己携带的斧子加工板凳时，唐木匠突然抓住了他的右手。经过一个暑假的苦练，葛维茂的手心生满了一层新鲜的茧。唐木匠摸着葛维茂手心里的茧，笑眯眯地问："谁教你的？"葛维茂哪敢开口啊，他汗如雨下，茫然无措地转动着自己的右手。葛维茂的老父亲根本没有料到这样的变故，他还没来得及解释呢，唐木匠就将他客客气气地请出了杂物间。唐木匠这一请，结果显而易见了，心知肚明的老人满脸都是懊恼。

自作聪明的葛维茂却不甘于这样的结果，当他看清唐木匠的意图，而自己的老父亲也准备放弃时，他忽然忍不住悲从中来。唐木匠见惯了这样的阵势，他不仅没有松口，反倒很直白地拒绝了葛维茂。葛维茂一把鼻涕一把泪，最后干脆跪倒在大门口。在牌楼，当门下跪是最重的礼节了，唐木匠显然没有料到。唐木匠摸着葛维茂的大脑袋，说："伢啦，你干吗要吃这碗饭呢？"唐木匠话里有话，葛维茂的老父亲立即就懂了，他堆着一脸笑，说："这碗饭好，这碗饭好，还要靠你赏饭呢！"

赏饭，就是跟着师傅当学徒。唐木匠破例给了葛维茂三个月的“实习期”。那三个月，葛维茂学得诚心诚意，他起早贪黑，风雨无阻，即便是闲下来的阴雨天，他也会候在唐木匠的杂物间，帮忙做一些农活，或者其他的家务事。三个月之后，当葛维茂的老父亲再次登门，准备让葛维茂正式拜师时，唐木匠又一次迟疑了。人心都是肉做的。那三个月，葛维茂的一点一滴，他都看在眼里，记在心里，但最终，唐木匠还是狠了狠心。他恭恭敬敬地给葛维茂的老父亲递了一支烟，站了起来，说：“葛老啊，你家伢聪明，应该去捉笔的啊……”唐木匠说得语重心长，葛维茂的老父亲却始料未及，他呛住了，像挨了一记来路不明的闷棍，久久回不过神来。老人欲言又止，红着一张老脸，眼里满是哀求。磨蹭到最后，父子俩只好一言不发地拎着拜师礼，无地自容地走了。

先收而后拒的唐木匠，彻底切断了葛维茂拜师学艺的道路。葛维茂的“拜师事件”妇孺皆知，但唐木匠先收而后拒的真正原因，其他人却并不知道。问题就在这里，在唐木匠拒收葛维茂之后，其他的师傅自然也不愿意再收。在四处碰壁之后，迫不得已的葛维茂干脆换上了一身木匠的行头，他以唐木匠的高徒自居，登门毛遂自荐，比如给三只脚的残板凳打一只脚，给老掉牙的椅子接一个高矮适中的靠背；再比如修一扇陈旧的木门，组装一扇面目模糊的橱柜……乡下人过日子，少不了这些修修补补，而出道多年的木匠又看不上这些。靠着这些小小不言的生意，那些年，穿村走户的葛维茂，俨然一个像模像样的木匠，抽百家烟，吃百家饭。不过这样的好日子并没能维持多久，葛维茂虽然聪明绝顶，毕竟只学到了一点皮毛，更何况，在公开场合，唐木匠从来没有认过这个“高徒”。葛维茂娶妻生子之后，他只好万般无奈地收起了斧子，因为，那些东家长西家短的小生意，根本无法养家糊口。

每一个木匠都有一把随身携带的斧子，当一个木匠将自己随身携带的斧子束之高阁时，就意味着他要告别木匠这一行了。对于一个吃惯了百家饭的手艺人来说，这是一个痛心疾首的仪式，既愧对父母，也愧对祖师。

尊师重道，是中国由来已久的优良传统。民间供奉祖宗牌位，正户题名为“天地君亲师”。“师道”系五尊之一，各行各业都有供奉祖师爷的习俗。木匠业的祖师爷是鲁班，春秋时鲁国公族之后，姬姓，公输氏，名班，又称公输般、班输、鲁般。鲁班出生于工匠世家，从小就跟随家人参加过许多土木建筑工程，逐渐积累了丰富的实践经验，在土木、机械和手工艺等方面都有所发明。尤为难得的是，鲁班接受了墨子的思想，放弃创制云梯等战争武器，转而致力于制造实用的生产工具。据说有一次登山，鲁班的手指被一棵小草划破了，他摘下小草仔细察看，发现草叶的两边排列着均匀的小齿，于是就模仿草叶发明了伐木的锯子。不少古籍记载，木匠使用的很多木工器具都是鲁班发明的，比如曲尺就叫“鲁班尺”，又如墨斗、钻子、刨子、凿子等。正是鲁班的这些发明，将木匠从原始而繁重的劳动中解放了出来，劳动效率的提高，使得木工工艺出现了崭新的面貌。

在多年的社会变革与分化里，作为一个工种的“木匠”渐渐成了乡下人的专利。其实不单单是木匠，瓦匠、漆工、铁匠、弹棉花的……这些传统的手工艺人都来自于农村，并渐渐成为一个相对自足的社会阶层，和庄稼人的界限非常分明。这些手艺人几乎不再下地干农活，他们常年穿村走户，浑身上下清清爽爽。即便是在千军万马齐过独木桥、乡下孩子上大学比登天还难的二十世纪九十年代，让名落孙山的孩子学一门手艺，依旧是许多家长退而求其次的梦想。葛维茂几乎已经实现了父亲的梦想，但唐木匠让一个家庭的梦想变成了肥皂泡，昙花一现之后，是切齿的仇恨与锥心的失望。自此之后，葛维茂仿佛变了一个人，他沉默寡言，在田间地头忙碌，碰到唐木匠，既不招呼，也不回避，形同陌路。

葛维茂拜师事件及其随后的遭遇，让唐木匠的名声达到了顶点。他严苛的择徒标准几乎成了一个传奇，在将近四十年的木匠生涯里，唐木匠只收了九个徒弟，其中还包括本房的两个侄子。

唐木匠对自己的侄子有没有破例？这个实在不好说，其间传言甚多，版本也不少。唐木匠里里外外共有七个侄子，除了这两个学木匠之外，还有两个学了瓦匠，另外三个都没有学艺，认得几个字之后，便毅然决然地离开了牌楼。新世纪以降，牌楼的年轻人大多选择了这条路，他们宁愿在风雨里闯荡，也不愿意和祖祖辈辈们一样，守着一栋老屋几亩薄田，经年累月，面朝黄土背朝天。正是一代人的决绝，使牌楼成了一座空村，留下来的，除了日薄西山的病患，便是风烛残年的老人。

留守，意味着向死而生，意味着大地上的这一座村庄还没有彻底寂灭。在向死而生的寂寞岁月里，牌楼的老人格外看重自己的身后事，他们只要稍稍上了点年纪，就要给自己准备寿材了。寿材就是棺材。“棺”字总归不中听，沾着晦气，牌楼的老人于是发明了一个指向明确的好词“大屋”。既然是避讳，打寿材也不好再说“打寿材”了，得说是“圆材”。圆，圆满、团圆。这个“圆”字，相当于盖棺定论了，总结了老人一生的功德。晦气消失了，喜气取而代之。“大”和“圆”，都是传统意义上的好字，寄托着老人们的智慧与心思。

在牌楼，圆材是件喜事和大事。老人们生儿育女忙了一辈子，最后一件要忙的，就是给自己打一个“大屋”。打大屋，自然要请唐木匠亲自出手，也只有唐木匠亲自打造的大屋，老人们才能心满意足，死而无憾，一生的功德终于圆满了。因此，每到农闲，腊月和正月，唐木匠从不接牌楼之外的生意。那几个月，唐木匠领着两个徒弟起早贪黑地赶工，一家一家地轮流干，整个牌楼，似乎每一天都在过节，村头村尾都弥漫着红烧肉的香气。

老人圆材，乡亲们照例是要送礼的。这是积德行善的寿礼，必不可少的，除非是几百年的世仇，不然谁都抹不开这个面子。事实上，也没有人会拒绝这样的礼尚往来，送礼的高兴，收礼的也开心，这是小村牌楼沿袭已久的传统，小村牌楼也因为这个传统，成了一个其乐融融的大家庭。等到大功终于告成，唐木匠师徒收工那天，圆材的老人一早就要忙活流水席，流水席的规模和档次都不逊于婚丧嫁娶。圆材之夜的流水席既是答谢，也是分享，家家户户都要来人，刚走路的孩子都要坐稳一个位置。老人们忙活了一生，牌楼人要沾沾他的福气。流水席上的唐木匠笑眯眯地坐在正中央，他一面如狼似虎地吞咽着红烧肉，一面心不在焉地应付着各种奉承。

这一场场热闹的喜宴，只有葛维茂始终躲得远远的。他也送礼，也高兴，但他从来不参加流水席。流水席上人来人往，葛维茂的老父亲总是偏安一隅，愁眉不展。也难怪，环顾身边的老人，比自己年纪大比自己年纪小的，一个个都圆材了，只有他自己，因为儿子的拜师事件颜面尽失，迟迟不愿意再请唐木匠。早该准备的大屋于是一拖再拖，直到突然一病不起，骤然撒手人寰，连一句囫囵话也没有留下。猝不及防的巨大变故让葛维茂束手无策，没有大屋，如何安葬？更要命的是，老人离世时正值酷夏，临时打造已经来不及了，葛维茂只好连夜赶往县城，拉回一具成品的寿材。成品的寿材像那些骨质疏松的老人，看上去轻飘飘的，大料不完整，颜色也不正。葛维茂干过木匠，当然知道其中的究竟，但知道也没有办法，事已至此，舍此无他。不能在唐木匠打造的大屋里长眠，这是一个老人最大的遗憾，丧事办不成喜事，是地地道道的丧事了。看着那具薄薄的寿材，葛维茂悲恸不已，他跪在父亲的灵前大放悲声，磕头如捣蒜，竟把额头磕出了一摊血来。

父亲的丧事，葛维茂办得简单而潦草，甚至破天荒地没办流水席。虽然葛维茂的出格之举有悖牌楼的传统，但在老人入殓的那个黄昏，乡亲们还是默默地聚拢了过来，该帮忙的还是帮忙，该出力的还是出力。只有唐木匠的老伴愁容密布，她心事重重地瞟着悲恸的葛维茂，想上前致哀，又犹疑不决。她清楚地记得葛维茂跪在门口的样子，帮她挑水劈柴忙前忙后的样子，也记得如今已住在黑边相框里的那个老人，曾两度满面羞惭，欲言又止……想到老人最后竟如此离去，唐木匠的老伴不免悲从中来，她独自走到了屋外，脸上滚过一行行热泪……

葬完父亲之后，葛维茂披了六个月的重孝，这一份感天动地的孝心，越发让人质疑唐木匠的无情。冬至大爷和葛维茂的老父亲多年交好，有一回，冬至大爷在老杜茶馆里吃春卷，大家忽然就说到了唐木匠，冬至大爷不听则已，一听就气得直跺脚，他狠狠地拍着桌子，骂："这个不收那个也不收，不就是个木匠吗？恐怕都不知道自己姓唐了！"见德高望重的冬至大爷忽然发难，大家于是都侧耳听着，没有人接话。冬至大爷意犹未尽，又骂："人有么名堂？小辫子一翘，哪个还晓得你啊！出名？出名有个卵用呢！"冬至大爷的这句话引起共鸣了，他本来骂的是唐木匠，话锋忽然一转，说的竟是人生哲理了！

冬至大爷的人生哲理既简单又朴素，所谓的"名"，不过是浮云过眼，人活一世，草木一秋。

冬至大爷还有另外一层意思没有直接说出口，你一个走街串巷的木匠，又能出什么名呢？

因木工留名青史的，除了祖师爷鲁班，还有"木匠皇帝"明熹宗朱由校。天启年间，外有金兵侵扰，内有明末起义，正是国难当头、内忧外患之际。天启帝却不务正业，他整天和斧子、刨子、锯子打交道，醉心于建房子、搭宫殿，而且建了拆，拆了又建，通宵达旦，乐此不疲。他不仅贪玩，而且确实玩出了名堂。史料记载，天启帝自幼便沉迷于斧锯油漆等木匠活，凡是亲眼见过的木器用具、亭台楼榭，都能够做得出来，而且技巧娴熟。他手造的漆器、床、梳匣等，均装饰五彩，精巧绝伦。正如《先拨志始》所言："（明熹宗）斧斤之属，皆躬自操之。虽巧匠，不能过焉。"天启帝的漆工活也很在行，从配料到上漆，他都要亲自动手，并喜欢创造新花样。尤为不可思议的是，这个身为一国之君的年轻人居然还精于雕镂技艺，他时常用玉石镂刻各种印章，赏赐给身边的太监和大臣。在天启帝制作的十座护灯小屏上，雕有《寒雀争梅图》，活灵活现，形态逼真，曲折玲珑，巧夺天工。《明宫杂咏》有诗为证："御制十灯屏，司农不患贫。沉香刻寒雀，论价十万缗。"十万缗，很高的价钱了，可见天启帝技艺之精。有人说《明宫杂咏》不足为信，然而，对于这样一个没有主见、重用阉党、无心朝政的木匠皇帝来说，写诗拍马屁以图升迁的做法，在当时，恐怕很难行得通。

正如"天启"这个年号所预示的那样，在木工方面，朱由校确实有着超出常人的天赋，他原本应该成为一名出色的能工巧匠，然而造化弄人，偏偏让他坐上了龙椅。天启帝终年二十三岁，在位七年，"妇寺窃权，滥赏淫刑，忠良惨祸，亿兆离心，虽欲不亡，何可得哉？"论天启帝的是非功过，此说不算冤枉。然而，坐拥江山未必就是他的初心，那千斤的担子，原本就托错了人。这种由人生错位而导致的悲剧在中国历史上并非孤例。南唐后主李煜，精书法、工书画、通音律，诗文亦有相当的造诣，词作上的非凡成就尤为后人熟知。李煜的词，既继承了晚唐以来温庭筠、韦庄等花间词人的传统，语言明快、用情真挚，又有所超拔，集中体现于亡国后的词作，直言亡国之痛，哀婉凄凉，含意深沉，在晚唐五代词中独树一帜，影响深远。然而，这样一位“词帝”却有着令人唏嘘的悲凉命运。南唐灭亡后，李煜被俘，以亡国之君称臣北宋，并在四十二岁那年客死京师，追赠太师，追封吴王，葬于洛阳。

另一个错位的皇帝是宋徽宗赵佶。宋徽宗自幼爱好笔墨丹青，在书法绘画方面更是表现出非凡的天赋，他自创的书法被后世尊为“瘦金体”，花鸟画自成“院体”。宋徽宗是中国古代极少有的艺术天才与全才，后世评论说：“宋徽宗诸事皆能，独不能为君耳。”此乃一针见血之论。靖康之变后北宋灭亡，身为俘虏的宋徽宗被金帝辱封为二品“昏德公”。囚禁期间更是受尽了精神凌辱，最终因不堪折磨死于五国城（今黑龙江省依兰县），享年五十四岁。

“彻夜西风撼破扉，萧条孤馆一灯微。家山回首三千里，目断天南无雁飞。”这首宋徽宗写于囚禁期间的《在北题壁》，和李煜的绝笔词《虞美人》可谓异曲同工。《虞美人》词曰：“春花秋月何时了，往事知多少？小楼昨夜又东风，故国不堪回首月明中。雕栏玉砌今犹在，只是朱颜改。问君能有几多愁？恰似一江春水向东流。”悲凉到了极点，也决绝到了极点，当真是“国家不幸诗家幸，话到沧桑语始工”——当繁华终于落尽，赵佶和李煜都以惊人的艺术成就，让我们看到了一段血泪斑斑的错位人生。

然而，人生都是现场直播，既不能推倒重来，也无法提前预演。许多年之后，当葛维茂重新拿起自己的斧子时，他依旧坚信自己天生就是一块做木匠的好材料，而唐木匠之所以拒绝收他为徒，是因为害怕自己抢了他的饭碗。当忍辱多年的葛维茂突然抛出这番言论时，唐木匠做梦也没有料到，他和葛维茂之间的恩怨纠葛，最终竟以这样的方式画上了句号。

那时候，殡葬改革的号角突然吹到了小村，遗体一律火化，老人们为自己精心准备的“大屋”必须全部销毁。政令刚一颁布，葛维茂就自告奋勇地找到了村支书，他愿意帮村里义务销棺，不图吃，也不图喝。支书正在犯愁呢！销毁老人的大屋，类似于挖祖坟，性质严重了，脊梁骨要被人在背后戳断的，没人愿意干这种缺德的事情。葛维茂居然毛遂自荐，愿意背负这种骂名，支书于是想都没想，就一口答应了。

领了这份差事之后，葛维茂仿佛变了一个人，从前那个郁郁寡欢的庄稼汉“老葛”不见了，取而代之的，是春风满面的木匠“葛师傅”。改头换面的葛维茂重新披上了木匠的行头，他时常跟在支书的后面，拎着那把原已束之高阁的斧子。那把斧子和主人一起重新焕发出生机，日光下的斧刃，摇晃着，寒光凛冽。支书谈妥一户，葛维茂就抬出一具披红着绿的寿材，掀掉那些红和绿，寿材依旧光可鉴人，严丝合缝，像一件陈年的木质的艺术品。每一次动手前，葛维茂都显得依依不舍，他叼着一根烟，前后左右地细细鉴赏，上上下下地轻轻抚摸，像是面对一个婴孩（反复出现的这一幕，曾让许多牌楼人迷惑不解）。吐掉烟蒂之后，葛维茂的脸上慢慢腾起一股杀气，他干净利落地抡起斧子，将一件完整的艺术品毫不留情地当众劈开。爆裂的棺木散发出沉郁的香气，阳光铺上去，漆面上像是撒了一层细碎的金粉。望着面目全非的大屋，热泪横流的老人声嘶力竭，模糊的泪光里，葛维茂像一个不声不响的吃人不吐骨头的魔鬼！

有人在背后指桑骂槐，有人指着他的鼻子当面诅咒，但葛维茂不为所动，他依旧拎着寒光凛冽的斧子，将唐木匠的得意之作一件件劈开。劈了两个月之后，支书终于领着葛维茂找到了唐木匠。其实也不用“找”，老伴过世之后，唐木匠独自在牌楼颐养天年，已经不出门干活了。但唐木匠毕竟是唐木匠，多年的盛名，为他赢得了崇高的威望。在牌楼，村支书也算一个人物了，然而面对闻名遐迩的唐木匠，村支书立即显出了原形，村支书不是村支书了，是朱家的老大，外号“猪大肠子”（“猪”和“朱”谐音）。“猪大肠子”恭恭敬敬地给唐木匠点了一根烟，低声下气地说，其他人都签字了，唐老，您准备怎么搞呢？唐木匠并未接话，只是一言不发地盯着葛维茂，他知道，葛维茂的心里盛满了对他的仇恨，他主动请缨，就是为了亲手劈开自己的寿材。

葛维茂被唐木匠盯得有些发怵，便借故起身，准备出门，却被门槛石绊了一个踉跄。

唐木匠笑了，笑着叫了一声“葛维茂”。差点被自己绊倒的葛维茂几乎不敢相信自己的耳朵，他忐忑不安地走向唐木匠家的杂物间，油漆斑驳的门环上果然没有落锁。葛维茂太熟悉这扇木门了，午夜梦回，梦境里反复萦绕的，正是这扇门和那些残缺不全的凳子……那一刻，当葛维茂怀着胜利者的姿态踹开那扇被风雨锈蚀的木门时，眼前的一幕让他愣住了，幽暗的杂物间已是一座废墟，灰尘飞舞。迎面悬着一盏破旧的油灯，灯油已经干了，玻璃内壁上巴着一层黑色的油渍。正对面，靠墙，躺着一具薄薄的寿材，寿材上覆着一张破旧的塑料布。寿材上方的墙中央，挂着一把钢锯和一把短斧。葛维茂一眼就认出了那把短斧，柏木做的手柄，斧头上刻着一个精巧的红色的“唐”字。这把短斧，唐木匠视若珍宝，随身携带了大半生……

葛维茂悻悻地退了出来。他只用看一眼，就知道那具薄薄的寿材不过是件买来的成品。这个发现大大超出了他的预料，他原以为，唐木匠替人打了一辈子寿材，收斧之前，肯定要给自己打一座举村无双的大屋，却不想，对于自己的身后事，唐木匠居然如此潦草。怎么会这样呢？为什么要这样呢？葛维茂百思不得其解！他惶惑地看着唐木匠，试图从他的脸上找到自己想要的答案。然而，饱经沧桑的唐木匠居然面无表情，一团团青灰色的烟雾从坐在对面的村支书的嘴里吐出，缭绕着上升。光影斑驳的堂屋，看上去像一座静谧的庙宇。

进退维谷。葛维茂感到自己仿佛大病了一场，又仿佛是一场长途奔袭突然停了下来，举目四望，内心一片茫然。他不知道接下来应该怎么办，而村支书和唐木匠却离自己越来越远，越来越远，他刚想张口，却成了一团棉花，软塌塌地，歪倒在地上。

天旋地转，葛维茂的眼前浮着一群忽远忽近忽冷忽热的脸。他试着动了动自己的手指，力气消失了，斧子还在。

磨剪子嘞戗菜刀

“磨剪子嘞——戗菜刀，磨剪子嘞——戗菜刀……”声音由远及近，苍老而低沉，“嘞”字后面有一个明显的停顿，甩着长长的颤音。每次听到这熟悉的吆喝，我们总要丢下手头的作业、农活或碗筷，小跑着，去迎那个颠着担子、扛着长凳，走村串巷，磨剪子戗菜刀的老师傅。老师傅姓周，六十开外了，国字脸，长寿眉，眼窝深陷，两鬓花白，一边走一边吆喝，沿着村口的机耕路慢悠悠地步行。他走得真慢啊，仿佛已经走过了半生。终于近了，他走过石拱桥，进了村口，我们从四面八方急慌慌地迎上去，将周师傅团团围住。“哎哟！急么事哉，急么事哉……”周师傅嘴里念叨着，心里其实并不恼，他乐呵呵地将我们引到我家屋前的两棵梧桐树中央，卸下担子，放下长凳，摸出一根纸烟，捋一捋烟头，坐下来，饱吸一大口。梧桐树冠亭亭如盖，浓荫匝地，像两把高高擎起的绿色的大伞。梧桐树下的那一片空地于是成了小村牌楼最重要的消息集散地，男人在梧桐树下开会，妇女在纳鞋底，孩子们扎堆玩游戏。梧桐树下很快喧腾了起来，乡亲们有的拎着湿漉漉的菜篮子，有的端着热气腾腾的大海碗，有的怀里抱着一个手里还牵着一个，有说有笑地向梧桐树下聚拢。过完烟瘾的周师傅随即摆开了家伙，早有眼疾手快的孩子端来了家里的旧脸盆，走一路，水洒了一路，身后跟着大人的笑骂声。曾家大嫂送来两把剪子，朱家二娘递上一把菜刀，他笑眯眯地接过去，依次摆在脸盆旁边，戗的戗，磨的磨。剪子和菜刀并不需要特别标记，剪子磨快了，菜刀戗好了，主人依旧认得，从来没有拿错过。当然也有将信将疑，看上去似是而非的时候，于是迟疑地拿起来，握在手里，切，剪，手感还在，便又笃定了。

磨刀，谁不会呢？磨刀看起来简单，其实饱含技术含量，否则，磨剪子戗菜刀也就不是一门手艺了。和其他的民间手艺人一样，旧时的磨刀师傅各挣各的活路，虽然并没有人监督，但磨刀师傅都能自觉遵守行规，绝不自由行事。比如走街串巷时，磨刀师傅始终将他们的工具（长凳）扛在肩上，而且系磨刀石的一头始终朝前，即便换肩也不会搞错。更奇特的是，磨刀师傅使用的长凳几乎全国一样，他们将长凳布置得两头均匀，各项工具摆放有序，干起活来需要哪种工具，总能信手拈来，不用眼看，也不必转身。磨刀师傅干吗要骑在长凳上干活？历经时代的更迭，长凳上的工具又何以没有太大的变化呢？我至少问过六位磨刀师傅，其中五位师傅都说，磨刀行出过一位“马上皇帝”，原先家里很穷，只有一条长凳和一块磨刀石，只好以给人家磨刀维生。后来啊，连生活都维持不下去了，于是联合众人举旗造反，居然打下了江山，做了皇帝。后世的磨刀师傅因此供奉他为“马上皇帝”。磨刀师傅干活时骑的长凳叫“穿朝御马”，长凳上钉着一个“∩”字形、用来顶磨刀石的铁弓叫“马鞍”，这些物件据说都是那位皇帝留下来的。说起这些，师傅们个个绘声绘色，但那位皇帝究竟属于哪朝哪代、姓甚名谁，又都答不上来。这个说法既无史实依据，也经不起仔细推敲，比较而言，我倒愿意相信周师傅的说法。周师傅说，磨刀这个职业起源于一千四百多年前的晚唐时期，当时，一个叫英伯男（音）的将军在一场恶战中败北，十万人马只活了他一个，痛定思痛，他自觉无颜见江东父老，于是隐姓埋名，投奔少林寺，请求削发为僧。方丈不允，他在寺前长跪三天三夜，第四天凌晨，方丈双手合十，亲自为他打开了寺门。然而，他终究尘缘未了，杀伐过甚，满腹都是仇恨，方丈于是命他磨刀。他磨啊，磨啊，整整磨了三年，终于磨到一个云开日出、万事皆空的时刻，他再次领命下山，一面帮人磨刀，一面弘扬佛法……当杀伐之刀遭遇仁慈的佛，我们都能预见这个必然的结局。和“马上皇帝”一样，这个“磨刀将军”也没有史载，但周师傅言之凿凿，孩童时期的我们也信以为真。事实上，一直到今天，牌楼人也相信，磨刀匠的鼻祖就是这位立地成佛的将军。

那么，第一个以磨刀为业的人究竟是谁？又是谁第一次石破天惊，喊出了“磨剪子嘞戗菜刀”？这句如今已耳熟能详的吆喝声又是何时开始传遍大江南北的呢？这种种疑问，已经和磨刀的职业起源一样无从稽考了。但我幻想过第一个磨刀人的样子，或者说，在查阅了相关史书之后，我觉得他应该就是这个样子——隐居于远郊，农夫一样自耕自足，在细雨中顶着斗笠（乌黑的辫子垂在身后，像一条鞭子），披着蓑衣（单薄的古铜色的脊背若隐若现），拎着一把生锈的弯刀，赤着脚，径直走向茅屋前那条翻涌的溪流。他早就注意并研究过了，溪边那块石头有着刀刃一样锋利的锐角，他将信将疑地蹲下来，小心翼翼地磨出了第一刀。呲，啦。呲，啦。呲啦——呲啦——锈迹消失了，雨水洗出雪亮的刃口。他欣喜若狂，举刀四顾，孩子一样在细雨中手舞足蹈……这是一个光耀千秋的时刻，神迹一样伟大，却被细雨无声地吞没了。无声的吞没，是时间和历史的真相。第一个喊出"磨剪子嘞戗菜刀"的手艺人，以及随之而来的无数个走村串巷的磨刀人也被吞没了。孔子意识到了这种吞没，他站在河边，脱口而出："逝者如斯夫！不舍昼夜。"

对于孩童时期的我们来说，那个走村串巷的周师傅也是一个未解之谜，我们既对他的技艺入迷，也对他走南闯北的身世充满好奇。干活的时候，周师傅总是先磨菜刀。磨菜刀要先戗刀，再用粗磨刀石磨、细磨刀石磨。"喏，你看，这么大的豁口……"周师傅拿着一把缺了口的菜刀，一面向近前的主人解说，一面用一根细绳子（棕色，似乎浸透了油渍）系好刀面，扎牢，在长凳上置放成一个 45 度的夹角。这时候轮到戗推子（有地方叫"戗刀"，操作原理类似理发师傅的电推子）出场了，周师傅用戗推子将刀刃部位的豁口用力戗平，戗好之后，又拿起菜刀一边磨，一边往刀面上浇水。浇水干吗呢？我们不懂，周师傅只是笑：“地不浇水可照哉？哦，也晓得不照！菜刀也要喝水啊，刀喝饱了，好磨……”周师傅边磨边和我们逗乐。我们也喜欢和周师傅逗乐。周师傅一肚子奇闻轶事，芝麻大的事情，他也能说得津津有味，头头是道；我们道听途说来的奇闻，他也能说出个子丑寅卯。周师傅扛着一条长凳，走南闯北大半生，他说的，我们都信。那是一个童真而懵懂的世界，而他是那个世界突然洞开的窗口，透过那扇窗口，我们窥见了牌楼之外另一个辽阔的世界。

和我们逗乐的周师傅并没有耽误手中的活计，说话的工夫，菜刀已在粗磨刀石上来来回回地磨，“霍霍——霍霍——”，用力很猛，手腕上的青筋暴起来，像一条条蠕动的蚯蚓。两分钟之后，刀锋就亮了，周师傅又在细磨刀石上磨起了刃口。磨刀锋要快，磨刃口要慢，两个来回之后他便停了下来，拎起刀，在眼前竖成一条直线，然后闭上左眼，右眼上上下下地瞅着刀锋。瞅好之后，仿佛不相信自己的眼睛，他还要再用指尖舔一舔刃口。这是磨刀的最后一道工序，心急的主妇早就等在一边了，一手递上几张毛票，一手接过锃亮的菜刀。每磨好一把刀，他都要摸出一根烟，捋一捋烟头，划一根火柴，饱吸一大口。每每这时，他黑黢黢的脸上总会漾起一抹不易觉察的微笑。

磨剪子嘞戗菜刀。磨剪子的人家很少，但磨剪子又是一块试金石，最能体现磨刀师傅的手上功夫。周师傅给我家磨过两把生锈的剪刀，那两把剪刀，母亲早就不用了，但一听到周师傅的吆喝，母亲又舍不得，从五斗橱里翻出来，差我送给周师傅去磨。我蹲在地上，等着周师傅磨我家的剪子。地上都是刀，菜刀，镰刀，柴刀，磨完了刀，终于轮到剪子了。周师傅将两叶剪片左右错开，用木夹板钳紧，又用戗推子沿着剪刃反复进行刮削。削完了，又放在细磨刀石上朝着一个方向推磨。磨剪刀，最关键的部位是剪子的尖部，要细细地推磨，并且要使剪尖与剪口保持在一条水平线，否则不是“咬口”（两剪叶互阻），就是尖度不够。除了磨工之外，剪子轴的松紧度也很重要，过松或过紧，即便磨得再锋利，也发挥不出破铰的效果。周师傅的行李里总少不了几块碎布条，那是试剪子用的。在磨好剪子、调整好剪子轴的松紧度之后，周师傅总要让主人试剪碎布条，而主人也总要嗔怒：“剪什么剪？晓得你周师傅的手艺哦！”这不是恭维，牌楼人都不怀疑周师傅的手艺，剪子过处，但见碎布条迎刃而解，行云流水一般。

周师傅到牌楼磨刀许多年了，牌楼的大人孩子都认识他，他也像熟悉自己的长凳一样熟悉牌楼的每一户。经年累月地磨下来，牌楼人和他磨出了感情，仲谋妈还和他认下了干亲——那个年代流行认干亲。老一辈牌楼人都相信，只要给“八字硬”的孩子认一个干爹，孩子就能顺顺利利地长大成人——来牌楼做手艺的外乡人不少，但能处成亲戚一样熟络，随便上哪家都能吃上一口热饭的，也就周师傅一个人。每次来牌楼，周师傅都要在仲谋家住几天，碰上春雨连绵，往往要住十天半个月。那些春雨连绵的日子，周边几个自然村的旧菜刀和破剪子都聚到了仲谋家的柴房里，周师傅不急不慢地磨着，间或也会闲下来，望着绵密的雨幕，坐在长凳上失神地抽烟……他磨的是菜刀，是剪子，也是孤寂的暮年。听老人说，周师傅的两个儿子都有精神障碍，大夏天的也要全副武装，穿棉鞋，披棉袄，随地大小便，见人就傻笑。当十七岁的女儿和一个吹唢呐的外乡人私奔、杳无音讯，两个儿子像野人一样整天在外追赶妇女的时候，周师傅的老妻终于不堪重负，决然地选择了一条不归路。心灰意冷的周师傅自此四海为家，扛着一条长凳，风里雨里，以磨刀为生。那是“扛着一条长凳”也能活人的年代，因为手艺过硬，人又谦和，“狠心”的周师傅依旧赢得了乡亲们的理解、同情和尊重。

“磨剪子嘞——戗菜刀，磨剪子嘞——戗菜刀……”这苍老而低沉的吆喝声在机耕路上回荡，伴我上完了小学，上完了初中，直到某一天，灶台上忽然多了一把新菜刀，我才想起那个颠着担子、扛着长凳的周师傅已经很久没来了。问母亲，母亲一愣，若有所思，黯然地走出了厨房。问仲谋妈，仲谋妈说：“开春之后就没来过了，还不知道可在了？人老了，都可怜咯……”我想过他可能是老了，走不动了，但我没有想过他竟然有可能已经“不在了”。我怅然若失，很想再听一遍那古老的吆喝声：“磨剪子嘞——戗菜刀，磨剪子嘞——戗菜刀……”遗憾的是，磨刀人的时代已经结束了。周师傅是最后一个走村串巷，到牌楼磨剪子戗菜刀的手艺人，在他之后，没有一个磨刀人再进过牌楼。我家那把换了七八次手柄的旧菜刀，后来被父亲当成破铜烂铁，偷偷地卖掉了。

母亲惯于勤俭持家，家里的器具用坏了，总要央父亲托人修。也不知道从什么时候开始，和牌楼那些“不会过日子”的妇女一样，母亲终于不再开口。器具一旦用坏了，父亲总会上街买新的，旧的直接丢进柴屋，等“收破铜烂铁的”来了一并收走。

收破铜烂铁的，或是铜匠，或是货郎，渐渐地，连铜匠和货郎也很少再来了。昔日那些走村串巷的民间艺人似乎已经忘记了牌楼，又或者，是像周师傅一样，从大地上消失了。

多年之后，我在小区门前遇到一位磨刀人。他脸膛红润，衣着简朴，下巴上挂满花白的胡须，上阔下尖，垂到脖子根。额头上刀刻般的皱纹，仿佛记录着他的年龄。时值黄昏，倦鸟归巢，没有炊烟升起的城市迎来了拥堵不堪的交通晚高峰。车来人往的喧嚣中，老人坐在长凳上抽烟，长凳的左边绑着一块狭长的磨刀石，右边扎着一只飞盘般的砂轮，旁边停着一辆老旧的“永久牌”自行车，车把手上挂着一块纸牌子，上面用毛笔歪歪斜斜地写着六个字“磨剪子戗菜刀”。怎么磨啊？五块钱一把，老人冲我伸出一只手掌。我喜出望外，转身回家拿菜刀的工夫，却见老人正用砂轮打磨一把豁了口的菜刀，打完豁口，又在磨刀石上来来回回地磨，五分钟左右，刀就磨好了。老人用手指轻轻地舔了舔刀刃，又放在耳边听了听声音。这熟悉的一幕让我心潮起伏，仿佛瞬间回到了童年。和我一样，很多路过的市民也停下了匆匆的脚步，还有人拍照，和老人合影，发微信朋友圈。老人配合地坐在长凳上，煞有介事地磨刀，脸上都是笑。

草泽医人

二十世纪八十年代的破罡街，有两个热闹的去处，一个是老杜茶馆，一个是志友诊所。老杜茶馆雄踞街头，每到农闲，天麻麻亮，方圆数里的乡亲就从四面八方赶了来，喧腾腾地挤满了三大间屋子。志友诊所蹲守在街尾，外墙上用红漆涂出一个醒目的“十”字。诊所只有二十几个平方，两扇对开的玻璃门，左边贴着四个字“悬壶济世”，右边也贴着四个字“妙手回春”。往里走，灰扑扑的墙上挂着几张陈年的招贴画，一把吊扇从梁上垂下来，一管日光灯从梁上垂下来。蜘蛛不知去向，空留一张游丝一样的破网。迎面摆着一张长方形的条几，那是朱志友的坐诊台，赶集的早晨，乡亲们时常能看到朱志友坐在椅子上，迎着人来人往的街道，悠闲地捧着一口大茶缸（上面印着无比熟悉的“为人民服务”五个大字）。条几右侧，靠墙列着几排大柜子，柜子里塞满了各种乱七八糟的医疗器械、药瓶子和药盒子。条几后面，挂着一道墨绿色的布帘子，布帘子后面摆着一张窄窄的木床，必要的时候，朱志友会轻轻掀开帘子的一角，不说话，用眼神示意患者躺上去。除此之外，诊所就一览无余了，像一间长方形的大通铺，地上常年可见零乱的烟头、发黄的痰渍，以及来历不明的污迹。没有人嫌弃过这些，方圆数里也只有这一个诊所，乡亲们有个头痛脑热的，都要去找朱志友。

在开诊所之前，朱志友是个远近闻名的劁猪匠，外号“朱一刀”。劁猪，顾名思义，就是阉割猪的睾丸或卵巢。作为一门“去势术”，这种神奇的古传妙法东汉时就有了，据说得自华佗高超外科手术的真传。陈云瞻的《簪云楼杂记》中记载：明太祖朱元璋定都金陵时，有一年除夕前日，忽然心血来潮，命令公卿士庶，门上一定要贴春联，表示一番新气象。第二天，他特意微服出巡，忽然发现有一家没贴春联，便遣侍从前去查问。原来，那家主人是个劁猪匠，既不识字，也不会写，加上年前事忙，尚未请人代笔。朱元璋听后，当即命人取来文房四宝，欣然挥毫：“双手劈开生死路，一刀割断是非根。”朱元璋的这副春联，算得上是对劁猪匠最形象最贴切的定义了。年少时，我多次见过劁猪的热闹景象。劁猪时，主人抓了猪，摁倒在地。劁猪匠一般左脚用力，半跪在猪身上，右脚用力支撑地面。下盘稳住之后，劁猪匠便用嘴叼着劁刀，双手抓住公猪裆下的一对肉蛋，捏住，再腾出右手，拿过劁刀。劁刀的头部有半个鸭蛋大小，呈三角形，顶尖和两边是锋利的刃口，后面有个手指长的把手，末端带个弯钩，可用它钩出母猪肚里的卵巢（俗称“儿肠”）。说来也真是奇怪，一见劁猪匠操起那把伤天害理的劁刀，被摁倒的小猪就会发出声嘶力竭的尖叫。劁猪匠自然不管这些，只见他将刀在猪的裆下轻轻划两下，伴随着一阵凄厉的哀号，两枚去了外壳的荔枝果似的肉蛋，就落在劁猪匠事先准备好的麻纸上。劁好后，有的劁猪匠会在猪的切口处抹上一把柴火灰，也有的劁猪匠图省事，只用一双血呼啦啦的手捋一捋猪毛（猪的那道切口其实很容易愈合，既不必消毒，也不用缝线），然后一抬脚，猪立即弓起身，夺命奔逃。整个过程虽然只要五六分钟，但重新起身的劁猪匠，双腿总是微微发抖，额头也会累出汗来。时间再短也是一次手术，或许，劁猪匠也有心理压力吧。

割下来的两枚肉蛋，主人若不直接说，大多数劁猪匠都会随手带走，积少成多，就是一碗稀缺而珍贵的下酒菜。也有的主人早早就和劁猪匠说好了，让少不更事的孩子端着碗，站在旁边，好奇地等着。老道的劁猪匠却是轻轻一挥手，将血糊糊的两枚肉蛋直接抛上屋顶。为什么要抛上屋顶呢？这大约是从太监身上得到的启发。读过一点史书或看过一些宫廷剧的都知道，从太监身上割下来的物件是不能随意扔掉的，一般要放进一个木制的锦盒子里，安置在屋梁上，行话叫“高升”。“高升”的目的是让现管太监验明正身，更重要的是，死时得以全尸下葬。猪自然没有“高升”的念头，劁猪匠却心怀善意，暗暗地存了一份念想。

事情到了朱志友这儿，变了。走村串户、专门帮人劁猪的朱志友和其他的劁猪匠不太一样，他是那种低头干活、埋头赶路的人，茶也喝，烟也抽，饭也吃，每一样都不讲究。朱志友劁猪还有一个特点，他很少让主人动手，和主人闲谈，也总是站在猪圈外面，不动声色地瞟着躁动的猪崽。谈着，瞟着，忽然转身，一个箭步，低头，弯腰，人已经钻进猪圈，轻轻地抚摸着猪耳朵、猪脊背、猪屁股。原本还很躁动的猪崽渐渐安静了下来，在他的脚边打转，拱嘴，撒娇一般。时候依旧没到，他并不急于动手，而是不疾不徐地挪动着身躯，不紧不慢地哼唱着自己发明的“唤食调子”。朱志友的“唤食调子”别具一格，不是母亲们模仿的那种猪吃食时发出的谐音，而是一种旋律，听起来抑扬顿挫，很有节奏。几分钟之后猪崽就在他的脚边卧倒了，甚至闭起眼睛，很享受的样子，对即将到来的阉割浑然不觉。朱志友这时才弯下腰来，从口袋里摸出劁刀。那是一把锋利而小巧的劁刀，刀刃亮得炫目，像一小团火焰在刀锋上跳跃，燃烧。朱志友一手捉着劁刀，一手拨拉开猪仔的两条后腿，手起刀落，一气呵成，起身的时候，猪崽才发出一声凄厉的号叫。“朱一刀”就是“朱一刀”，地上只有几滴血，一头刚刚有交配能力的小猪崽从此就老实了，专心吃食，一个劲地长膘。

日子久了，大家便知道不声不响的朱志友原来竟是个厉害的角色，再请他劁猪，便恭敬了许多。靠手艺吃饭的牌楼人很多，但真有本事的手艺人很少，绝大多数手艺人都把手艺当成一个谋生的饭碗，一旦出了师，就赶着走东家串西家，忙着庸常的世俗生活了。劁猪的都是勤俭的庄稼人，遇到有本事的手艺人，便格外注重人情和礼数。

铁匠　　摄影 / 周曼雄

铜匠　　摄影 / 张恩水

渐渐地，牌楼的猪差不多都认得朱志友了，他一进门，猪就开始大呼小叫，连在泥浆里打滚的猪也会踉跄着爬起来，没头没脑地逃跑。是朱志友身上有某种特殊的猪很容易辨识的气味吗？还是和人一样，猪也有某种说不清道不明的直觉？这一点，我到现在也解释不清楚。反正“朱一刀”的盛名是越传越广了，他的劁猪生意，也从牌楼慢慢拓展到三十里地外的方家桥。就是在方家桥，朱志友遭遇了劁猪生涯的“滑铁卢”。那年暮春的一个阴郁的上午，他在方家桥一口气劁了十一头猪崽，其中一头被劁的小母猪第二天忽然不肯进食，第三天，依旧没有好转的迹象，第四天，卧在猪圈里，有气无力地呻吟着，已经奄奄一息了。朱志友垂头丧气，却又束手无策。方家桥当地也有一个劁猪匠，老人了，须眉皆白，来了两趟，背着手，一言不发，呵呵呵地笑。

朱志友的劁猪生涯从此画上了一个句号。牌楼的女人私下里都说，户主是个年轻的小寡妇，黏在朱志友身后，一双桃花眼直勾勾地，盯着他劁猪。也难怪，牌楼的男人私下里都说，一个四十多岁的大男人，怎么可能熬得住？不可能嘛……朱志友的老婆死于难产，一尸两命，血流成河，那景象，牌楼的老人们都有记忆，每一次说起，都要摇头叹气，哎！看着真寒心啊，太惨了……在那个医疗资源匮乏、医疗条件也较为落后的年代，死于难产的女人不在少数，几乎每一年每个村子都有。死了也就死了，无非是大哭一场，草草地葬了，没有人想过要去追究细脚伶仃的接生婆。“接生婆”并没有受过专业的训练，她们只是过来人，胆大，心细，凭经验操作。

人言可畏，因此有必要解释一下朱志友的“滑铁卢”。公猪和母猪的劁法是不一样的，今天想来，“朱一刀”指的是朱志友劁公猪的技术，当他劁母猪时，技术上的短板就不可避免地出现了。劁母猪时，劁猪匠要在猪崽的三叉骨（猪后腿前面的肚子一带）那个地方开一个口子，口子不能大，能塞进一根指头即可，把儿肠抠出来，然后缝合。这就有些技术含量了，关键在于劁猪匠能不能选准开口的部位，能不能在纷纷乱乱纠缠在一起的肠子中准确而快速地摸到儿肠。因为这个部位有大肠，有小肠，还有儿肠，全凭一根手指头的感觉。动物躯体内的器官，形状和部位大体相同，但世界上没有绝对相同的两头猪，这就需要劁猪匠长期实践，积累经验，练出纯熟的手感了。有经验的劁猪匠还能识别猪崽的叫声，当食指触到儿肠时，猪崽的叫声会比先前更加尖厉，音调突然间提到最高，直到再也叫不出来。

方家桥事件之后，朱志友彻底地收起了劁刀，即便是亲友上门来请，他也不肯再应承。他似乎是在面壁思过，大门不出，二门不迈，牌楼人很难再见到他的影子，昔日那个远近闻名的劁猪匠，仿佛从村子里消失了。

岁月如白驹过隙，就在大家快要忘记朱志友这个人的时候，破罡街上忽然冒出了一家“志友诊所”。是朱志友开的诊所吗？好奇的乡亲探头一看，可不就是那个劁猪的朱志友！乡亲们疑惑了，他不是劁猪的嘛，怎么还能开诊所呢？破罡街上并没有第二家诊所，尽管如此，一开始，志友诊所还是无人问津，门庭冷落。但“朱一刀”就是“朱一刀”，他先是给侄媳妇接生，母女平安，乡亲们闻讯吃了一惊；后来，年逾七旬的老村长摔断了一条腿，他又多次登门，老村长竟然重新站了起来，乡亲们见到后又吃了一惊。既能接生，还能接骨，乡亲们对朱志友的折服溢于言表——那个几近消失的“朱一刀”，又回来了！

志友诊所慢慢地火了起来，乡亲们有个头痛脑热的，扛不过去了，于是爬起来，上破罡街志友诊所。对付感冒发烧痢疾腹泻……这些小小不言的病痛，朱志友也总能药到病除。再次穿村入户的朱志友很像二十世纪六七十年代的“赤脚医生”，一双圆口的黑布鞋，一袭长长的白大褂，脖子上挂着一个听诊器，肩上背着一个药箱子。往日那个远近闻名的劁猪匠，摇身一变，成了一个很吃香的“接生婆”，村里比我小的那一拨人，他接生的占到了一半。接生婆，接生婆，古往今来，男人接生，乡亲们连听都没有听说过！然而，对那些细脚伶仃的接生婆，乡亲们已经失去了耐心和信任，她们不仅手脚慢，而且还要专门安排一个人，好吃好喝地伺候着。吃饱了，喝足了，还得额外准备一刀肉、两条糕。“一刀肉，配两条糕”是牌楼人送礼的标配，太多了给不起（也没有必要），太少了又拿不出手。和这些接生婆比起来，请朱志友真是太合算了，他既不收礼，也不讲究吃喝，而且一请就来，一请必来，哪怕深更半夜，天寒地冻的，他也没有推辞过。何乐而不为呢？更何况，人家这是在做善事，是在为枉死的老婆孩子积阴德！思前想后，第一户主家终于冲破了世俗的偏见，深夜上门，忐忑不安地请来了朱志友，天方破晓，媳妇就顺顺利利地分娩了；第二户主家将信将疑地请来了朱志友，也顺顺利利地分娩了，于是，很快又有了第三户、第四户、第五户……一传十十传百，同当年劁猪一样，朱志友的名声再一次不胫而走。免费帮人接生的朱志友再一次赢得了乡亲们的爱戴，清晨赶集，志友诊所总是川流不息，门庭若市。今天想来，朱志友其实并没有合法的行医资格，更没有接生的执业资质，但乡亲们不管这些，他们盲目地信任着朱志友，要是患上连他都看不好的病，绝大多数乡亲也就放弃了治疗——这种朴素的连生命都愿意托付的信任，在医生普遍被妖魔化、医患关系严重扭曲的今天，几乎不可能再有了。

比我小的那一拨人，都是被朱志友给“吓”出来的。朱志友接生不需要帮手，他总是关着门，挥舞着一块热气腾腾的湿毛巾，对产妇大声吆喝。春明大婶生产的时候，年纪已经很大了，难产，朱志友就辛辛苦苦地吆喝了四个多钟头。坐立不安的春明大叔像热锅上的蚂蚁，几次想敲门，都被坐等喜讯的乡亲们拦住了，“不要紧的呢，志友心里有谱……”于是继续坐，继续等，等到日薄西山、倦鸟归巢、乡亲们都饥肠辘辘的时候，房里终于传来一阵响亮的啼哭声。那是春明大婶最小的儿子，迄今为止，他是牌楼走得最远的人，被派驻荷兰工作。荷兰在哪块啊？牌楼人没有“欧洲”这个概念，也没有听说过。

不久之后，朱志友的“接生术”就传到了镇卫生院，卫生院于是放出话来，说一个江湖郎中，哪能看病啊，犯法的！所谓的“接生术”更是瞎猫碰上死老鼠，不足为凭，不能采信。他听了只是笑，不解释，不辩驳，依旧坐诊，依旧接生，我行我素。

卫生院放出来的话也曾让乡亲们心存疑惑，无论如何，镇卫生院总是一级正正规规的卫生院，而志友诊所只是一家私人开的小诊所。但疑惑归疑惑，没人去较这个真，感冒发烧生孩子，第一个想到的，还是志友诊所。熟悉的，不熟悉的，朱志友总是笑眯眯地，“哪里不好？你坐。”志友诊所于是红红火火地开了下去，一直开到二十世纪末二十一世纪初。具体的时间我并不知道（彼时我早已离开牌楼），当志友诊所忽然大门紧闭，朱志友本人也不再穿着白大褂出门帮人接生的时候，牌楼人惊讶地发现，作为一座村庄的牌楼已经空了，身边的老人越来越少，怀孕的妇女越来越少。再看花甲之年的朱志友，已经头发花白，过早地佝着腰。

每年回牌楼祭祖，我都要去看看朱志友。他一直没有续弦，独自栖居在废弃的朱家祠堂里。田野里多的是无人耕作的良田，他勉力地劳作，早稻、中稻，油菜、棉花，几垄贫瘠的菜地，勉强维持着温饱。祠堂隔壁，是村民集资修缮的土地庙。每天清晨，他都要去庙里敬香，匍匐着，虔诚地祷告。

打铁，打铁

铁匠铺门脸不大，但在破罡街上，它是最大的一家。和街上其他的店铺一样，铁匠铺也是垄断经营，别无分店。这种约定俗成的现象维持了若干年，店主们仿佛集体商量好了,共同制定了这样一条商业规则。大家你干你的，我忙我的，没有恶性竞争，每一家店铺都有固定的客源和生意。这规则一传十十传百，再有人想挤进破罡街，必得把一家家老板都请了来，好烟好酒地款待着，向老板讨主意。讨主意其实就是讨生活，已经提前挤进破罡街的老板们也乐于分享自己的经商心得，他们你一言我一语，七嘴八舌的，都大着嗓门，仿佛即将吵起来。那个不停敬酒不住散烟的人只是静静地听着，面含微笑，酒席还未散场呢，心里已经打好了算盘。能在破罡街上站稳脚跟的，都是人中龙凤，乡下人长久地过着苦日子，苦怕了，谨小慎微，既没有抛下田地的远见和胆识，也没有上街开店做生意的信心和魄力。饿死胆小的，撑死胆大的。形形色色的店铺就这样一家家开了起来，有专门经营日用百货的，也有专门卖早点的，自然还有裁缝店、美发店、钟表店、文具店、修理铺、铁匠铺（我们那会儿不叫铁匠铺，叫“打铁的”）……肉铺、水产和蔬菜摊子不需要门面，它们从街头到街尾一字排开，每家都有固定的摊位。冒着热气的，水灵灵的，湿漉漉的，拖泥带水的，太新鲜了，一看就是刚从地里拔起来的。站在摊边的都是老面孔，也不吆喝，用不着，前后左右都是排着队等着采买的人。摩肩接踵，巴掌大的破罡街几乎要被抬起来。清晨五点，小街就醒了；六点，人流如织；七点，人声鼎沸，整条街成了一锅沸腾的开水，一直沸腾到上午十点。风雪无阻，春节前几天尤其如此。那是真的热闹啊，人从四面八方潮水一样涌过来。沸腾的是人潮，也是花花绿绿的钞票，当初犹豫不决最终又绝了念想的人，肠子都悔青了。然而，再想挤进破罡街已经不可能了，二十世纪八十年代的破罡街已经成了一个品种齐全的小商品批发中心，辐射周边几个乡镇，一家家店铺挤挤挨挨着，寸土寸金，连水都泼不进去了。也不知道从什么时候开始，小街的格局又发生了变化，前面是店，后面是家，过道幽深而狭长。男的站着忙碌，女的坐着收钱，过道里的孩子一闪而过，白发苍苍的老祖母一闪而过，都端着热气腾腾的大瓷碗。阳光在过道上忽闪忽闪，像一地碎银子。再往后走，是一座水泥浇筑的院子，连着厕所、猪圈和鸡舍，一条大黄狗卧在桑树荫里做梦，猛然一惊，醒了，蹦起来，箭一样射出去，瞬间不知所踪……

打破“前店后家”这种格局的，是铁匠铺。我进过几次铺子，几次都是冬天，炉火将熄未熄，铺子里比外面暖和。铁匠蹲在火炉边抽烟，敞着夹袄，膝盖上摊着一本泛黄的《水浒传》。铺子里的陈设极其简单：铺子中间是一座通红的大火炉，炉前垫着一块浑圆的石头，石头上铺着一块看不清颜色的布。右侧搁着两块生硬的铁锭。一把大铁锤，十几斤重，长长的手柄是五根开裂的竹片。一个常年蓄水的塑料大水桶。水桶旁边是一个陈旧的鼓风箱，地面上垫着一块浑圆的石头，石头上铺着一块布，同样已经看不清颜色。黑黝黝的墙上，挂满了镰刀、铁锤、锄头、铁锹、铁镐、铲子、斧头、柴刀、锅铲、犁……唯一的一条凳子也是铁打的，黑漆漆的，发出幽暗的冷光，像屋顶上掉落的一片瓦。一览无余了，整间铺子大约二十平方米，是铺子，也是家。“家”就在窗户下面，一张勉强能睡人的折叠床。

铁匠姓胡，原先在横埠打铁。和破罡街相比，横埠不仅市场繁华，交通也更为便捷。因此，当铁匠铺不声不响地开张时，乡亲们又兴奋，又迷惑。但铁匠自有铁匠的道理，至少在破罡街，没有第二个人抢他的生意。开镰之前，家家户户的镰刀都送来了，铁匠微笑着接过去，用粉笔在手柄上标一道只有他本人才能辨识的记号。在街上转一圈，或者去老杜茶馆里吃几根春卷，再去铁匠铺时，原本锈迹斑斑的刀刃已经显出了锐利的刀锋。对自己的手艺，铁匠是得意的，每次递上焕然一新的镰刀，脸上总会漾起憨厚的笑容。接过镰刀的乡亲少不得要夸上几句，铁匠便会客气起来，“收什么钱？瞎扯。”钱本来就不多，磨一把镰刀，只要三块钱。磨镰刀不收钱，打镰刀是要收钱的，收的是辛苦钱。古话说“世上三行苦，打铁撑船磨豆腐”，打铁位居榜首，足见其辛苦程度。磨豆腐的苦我不清楚，撑船人的苦我是知道的。我有个远房堂哥就是撑船的，一条腰子船，出没风波里，来回摆渡。堂哥十六岁开始撑船，一直撑了四十年，“你看我这腰，弹弓一样的，直不起来了”。撑船，长年弓着上半身，堂哥的后背耸起一块巨大的肉球，像背着一座小山丘。驼背倒在其次，更让他苦不堪言的，还是类风湿性关节炎，这是漂在水上落下的病根，长年累月的湿气已经渗进他的每一根骨头。他关节粗大，五根手指严重变形，拳头已经握不起来了。“我现在就等死咯，有什么法子想呢？没有法子想……”等死的堂哥还不到六十岁，皱褶密布的脸，像一块日晒雨淋的石灰岩。我想找几句话安慰他，搜肠刮肚，始终无法开口。面对这个长期浸淫苦水的垂死之人，我兀自痛心，又悲伤莫名。

铁匠可能是现存最古老的民间艺人。铁匠的祖师，最普遍的说法是春秋末年的李耳（民间习惯称其为“太上老君”），铁匠炉就是太上老君流传民间的炼丹炉；另一个说法，是春秋末年越国的铸剑大师欧冶子，欧冶子铸造的一系列名剑冠绝华夏，他为越王勾践铸造了五柄宝剑：湛卢、纯钩、胜邪、鱼肠、巨阙，其中湛卢被奉为“天下第一剑”，此剑可让头发及锋而逝，铁近刃如泥，举世无可匹者；又据《越绝书》记载，欧冶子曾应楚昭王之邀，与吴国人干将（一说是欧冶子的高徒，一说与欧冶子同师）一起“凿茨山，泄其溪，取铁英，作为铁剑三枚：一曰龙渊、二曰泰阿、三曰工布”。干将之妻莫邪，欧冶子之女，也是赫赫有名的铸剑大师。干将、莫邪的故事在中国民间流布甚广，他们的故事始见于汉代，后世多有摘录，最流行的版本是东晋干宝的志怪小说集《搜神记》，鲁迅先生的《铸剑》也是在干将莫邪的故事基础上进行叙事。从春秋末年沿袭至今，打铁是一门极原始的锻造工艺，也是最具代表性的农耕文明之一，与乡土中国须臾不可分。刘半农在其名作《铁匠》中写道：

叮当！叮当！
清脆的打铁声，
激动夜间沉默的空气。
小门里时时闪出红光，
愈显得外间黑漆漆地。

我从门前经过，
看见门里的铁匠，
叮当！叮当！
他锤子一下一上，
砧上的铁，
闪着血也似的光，
照见他额上淋淋的汗，
和他裸着的，宽阔的胸膛。
……

打铁是一门力气活，民间艺人中，铁匠流汗最多。再冷的天，铁匠上身也只穿一件单衣，腰间系一条黑黢黢的围裙，袖子都撸到膀子根了，头发窠里依旧热气腾腾。铁匠一只手从熊熊炭火中钳出火红的铁块，另一只手挥动着铁锤，叮当叮当，铁锤有节奏地起起落落，火星四溅。刚刚从火炉里抽出来的铁块软软的，红红的，像一块燃烧的橡皮泥。随着铁锤上下翻飞，橡皮泥的颜色渐渐变了，火红，湛蓝，烟灰，铁匠将其夹起来浸到水桶里，“扑哧”一声，水桶里升起一股白烟，咕噜噜，很快又浮起一层密集的小水泡。淬火之后的铁块有了器具的雏形，乌黑色，塞进炉子里继续烧。再打，再淬火，再烧……淬火，是锻造工艺中一道至关重要的程序，火候的把握，直接影响器具的硬度。打铁因此也是一门技术活，打造一件工具，需要经过选料、烧火、锤打、成型、淬火、回火等十几道工序，每一道工序都非常有讲究。比如锤打，要一锤撵着一锤地打，两锤之间不能停顿太久。不要小看这个停顿，这短短的几十秒，铁匠要调整锤打的姿势和力度。有一次，我拎起大铁锤，试着锤了两下大铁锭，把手上的竹片瞬间弹起，震动，嗡嗡嗡，手臂发麻，掌心生疼，我蹦起来，恨不得把两只手直接甩掉。铁匠呵呵地笑着，露出一嘴白牙，“这碗饭你哪能吃啊？万般皆下品，念书去吧……”再比如烧铁，既要把铁烧熟，又不能烧化了，万一火候不足，铁又打不开，“你得看颜色，红到一定程度，那就是烧熟了，如果泛白，那说明已经烧化了……”红到什么程度，又白到什么地步呢？铁匠笑而不答，这是吃饭的本事，凭的就是一个感觉、火候和经验，那些细节方面的东西，铁匠自己往往说不清楚。老话说："打铁无样，边打边像。""像"用作动词，这个动词意在说明，打铁并无固定的技法，更多的，还是靠经验和悟性吧！

和其他店铺一年四季的车水马龙相比，铁匠铺的生意是季节性的，除了农忙的盛夏和农闲的寒冬，其他时间的铁匠炉子都是冷的。铁匠似乎并不着急，泛黄的《水浒传》摊开在膝上，从天亮慢慢翻到天黑。闲下来的街坊邻居从铁匠铺门口好奇地踱过来，又好奇地踱过去，铁匠旁若无人，默默地翻书。一本破书，有什么好看的，能当饭吃吗？这个人，怎么就这样不务正业呢！也难怪街坊邻居们奇怪，铁匠的生意明摆着，铺子里只有一个人，几年下来，没有招到一个学徒。"都讲种田的苦，其实，打铁的是真苦哦！你看，都没有人来学……"偶尔和街坊邻居闲聊，铁匠总要张开一双滚满老茧的大手，悻悻然地自嘲。铁匠摊开的手掌像两张刚出炉的烙饼，有一种沙尘碾过的粗砺感。"男怕入错行，女怕嫁错郎"，街坊邻居心照不宣，闲聊很快就冷了场。做木工活、修瓦、理发、当裁缝、上油漆……二十世纪八十年代盛行于农村的传统技艺，几乎每一行，年轻人都争相追捧，只有铁匠铺子门庭冷落。没有徒弟做帮手，铁匠只能打打锄头、铁锹、镰刀、柴刀、菜刀、锅铲之类的轻便器具，犁铧之类的大件农具一个人打不出来，要到县城去采购。街坊邻居们真正关心的，不是打铁这门手艺后继无人，而是一年到头，没有人见过铁匠的家室，这太不正常了，此事必有蹊跷，其中必有隐情。问铁匠，你家烧锅的呢？铁匠笑而不答，顾左右而言他，被逼急了，说，一家老小都在横埠；明天又改口了，说，还在老丈人家里养着呢……听上去像是真话，仔细一琢磨，又明显是玩笑。铁匠愈是讳莫如深，街坊们愈是觉着不可思议。他们悄悄地议论起胡铁匠，一年到头，那么壮实的一个大男人，怎么忍得住？不可能的嘛，不合常理。再看胡铁匠，街坊们的眼里就有了更多的质疑，在破罡街打铁挣不了几个钱，既然挣不了钱，那他图啥呢？

胡铁匠四十开外，一张古铜色的国字脸，两道黑漆漆的八字眉，甩开膀子打铁时，还能看见两团颤动的胸大肌。更令人浮想联翩的是，那些不打铁的黄昏，街坊们时常看见胡铁匠独自穿过狭长的破罡街，在巢山脚下的水塘边久久徘徊，循环往复地唱黄梅戏，《女驸马·朱笔头上一点红》《天仙配·卖身葬父》《补背褡》《打豆腐》……他男腔女腔交替着唱，一字不落，“唱得真好听，比严凤英唱得都好听。哈哈……”多年之后我才知道“反串”是一门新生的艺术，也正因为“新”，其中承载的误解也很深。一个大男人，捏着嗓子唱戏，没别的，脑子有问题。这个定性严重了，和“花痴”处在同一个层次。所幸，“捏着嗓子唱戏”的胡铁匠并没有被街坊们驱逐出境，炉火熄灭的铁匠铺仿佛一座幽暗的冷宫，铁匠在其间出没，像一个飘忽的幽灵。

有一年国庆，乡里搞了次掰手腕比赛，胡铁匠一路过关斩将，轻轻松松拿了第一名。他这个冠军夺得太容易了，比到最后一轮，后来的亚军拱手相让，主动放弃最后的较量。他和铁匠之间的实力过于悬殊，放弃不放弃，结果都一样。当亚军选择放弃时，围观的老少爷们都跟着起哄，铁匠憨厚地笑着，亚军臊得满脸通红，一言不发。乡下的男人身无一技之长，有的就是力气，然而，一个乡的老少爷们，居然全输给了一个外来的铁匠，而且，还是一个喜欢“捏着嗓子唱戏”的“娘娘腔”。老少爷们的羞愧埋在心里，又不好说出口，只好冲孩子或牲口胡乱地发一通脾气。女人们的羞愧就挂在脸上，压不下去，走进铁匠铺子时，脸是红的，走出铁匠铺子时，脸还是红的。这时候的铁匠总是挠着头，靠在斑驳的门框里，像是做了什么见不得人的丑事，显得既可爱，又有那么一点点滑稽。这样一个大老爷们就有点意思了，仿佛他压根就没有经历过男女之事。但这怎么可能呢？女人们便在私下里悄悄议论，别看那么五大三粗的一个人，或许，他是“不行”的。对，就是不行，这个解释既合情合理，又天衣无缝。这样想着，说着，淫邪地笑着，一个乡的老少爷们终于如释重负，内心的不解和愤懑都平息了。

传言一旦长出了翅膀，就成了一把凌空飞翔的利剑，杀人不见血。发展到后来，传言又衍生出三四个版本，每一个版本都言之凿凿，有鼻子有眼，血淋淋的，直指胡铁匠的下半身。那段时间的胡铁匠就像个影子，浑身上下，每一寸皮肤都在叹息。他影子一样接过镰刀，用粉笔做个记号；又影子一样递上镰刀，收钱，转身，低头摆弄手里的活计……从那之后，铁匠再也没有去过山脚下的水塘，自然也没有再唱过黄梅戏。深秋的黄昏放学归来，我时常看见铁匠孤孤单单地盘坐在小街尽头的两棵构树间，嘴里衔着一根狗尾巴草，出神地看着远方的田野。颗粒归仓，深秋的田野卸下了浓艳的新娘妆。偶尔会有一两只落单的大雁划过湛蓝的天空，撒下种子一样饱满的叫声。铁匠到底是在看田野，还是在看大雁呢？我搞不明白，回家问母亲，母亲愣了好半天，“我哪晓得啊！你念你的书，别好管闲事……”母亲言语间透着嗔怒，我吐了吐舌头，眼前浮起铁匠那张茫然的脸。

后来（具体的时间我已经记不清楚了），胡铁匠就从破罡街上无声无息地消失了，铁匠铺大门紧锁，室内黑黢黢的，像铺了一层沥青。窗户上仅有的两块玻璃后来也碎了，蜘蛛在其间悠闲地结网，薄如蝉翼，宛如八卦。再后来，破罡街上又冒出一家铁匠铺，一家三口，父子俩打铁，铁锭一样沉默寡言；媳妇在门口支了一个小摊子，卖儿童玩具，说话有些大舌头，“三块钱一个，五、五块钱，两个。便、便宜吧？”确实便宜，小摊子换成了大摊子，名正言顺地摆了起来。没有人对此提出过质疑，那个约定俗成的商业规则迅速土崩瓦解，大家你追我赶，各忙各的，无暇他顾。只有胡铁匠一个人闲了下来，那扇常年紧闭的大门，锁着一段停滞的老时光。他太不合拍了，注定要被破罡街遗忘。

然而，破罡街的热闹景象一如往常，嘈杂，纷乱，男来女往。今年春节回破罡街，街上已经没了铁匠铺，水灵灵的蔬菜、沉甸甸的瓜果、活蹦乱跳的鱼虾、热气腾腾的猪肉摊子……秩序井然地摆进了一座光线晦暗的大棚。摊位与摊位之间乱糟糟的，黏糊糊的，污水满溢，到处都是垃圾。重新规划过的破罡街像城里某条寻常的街道，中间铺着青石板，从街头到街尾，依次分布着两家初具规模的小超市（上下两层楼），一家理发店，一家裁缝店，一家修理铺，两家专门销售电器，五家专门经营早点，其余的，全是卖各种日用百货的小商店。门楣上的招牌惊人的一致，“张彬超市”“唐文明家电专卖店”“许文革烟酒商行”“王爱童装服饰”“刘洋洋超市”“王卫东百货”“金萍美发”……唯一的例外是诊所，没有招牌，墙上刷着一个朱红色的十字。这是一条完全被商业化的破罡街，往日那种前店后家的格局不见了，故乡的气息无影无踪。往日的破罡街可不是单纯的购物中心，“人充满劳绩，但还诗意地栖居于这片大地”（荷尔德林）。那条不长的巷道属于破罡街的男女老少，属于垂着手蹀躞于暮年的老爹、牙床空洞的老妪、眼窝深陷的老祖母，也属于孑然一身的流浪汉、智障者、残疾人……在这条陌生的街道上走来走去，我忽然想起胡铁匠，三十年了，我只记得他姓胡，给我打过一把新月一样玲珑的镰刀。

他若健在，也是一个老人了。

最后一个铜匠

金银铜铁锡，铜在正中间，这个约定俗成的顺序奠定了铜的使用价值和经济地位。那是一个物质贫乏的年代，牌楼还没人穿金戴银，但已经有了铜制的饰物与器皿。听大人说，齐奶奶家有一个永乐年间的铜盘，祖上传下来的，巴掌大小，盘底刻着两条龙，多少年了，龙须还看得一清二楚。那家伙值钱啊！值多少钱呢？我们都不知道，谁也没见过那个铜盘。我们只见过一次戴在脖子上的小铜锁。有一年正月，“杀猪佬”抱着孙子在村子里串门，孙子鼻子上拖着清鼻涕，脖子上晃着一把小铜锁，亮晶晶的，像一只小螃蟹，比指甲盖大不了多少。我们都不喜欢“杀猪佬”，他常年杀猪，身上总有一股尿骚味，但我们都没有见过小铜锁，于是都忽略了他身上的味道。“杀猪佬”看穿了我们的心思，他一面看人打麻将，一面抱着孙子在麻将桌边晃来晃去，不让我们伸手摸。

“杀猪佬”五十几岁就抱上了孙子，大家经常开他的玩笑。说来可能没人信，“杀猪佬”还不是牌楼最年轻的祖父。牌楼最年轻的祖父还不到五十岁，个子不高，体型偏瘦，一头黑发，看背影就是一个小伙子。他是牌楼烟瘾最大的人，眼睛一睁就摸火柴，牙齿缝里都是烟垢，口腔里喷出的味道就像“杀猪佬”。

那把螃蟹状的小铜锁从此成了牌楼人的谈资，见过的逢人就说，没见过的逢人就问，然后是三三两两地聚在一起，交头接耳地议论。冬至大娘忍不住，拄着拐杖，拎着小脚，去问老憨，老憨边咳边说:“铜锁啊？一个起码要三四百，死贵的——咳咳，咳，我的妈啊，咳死咯——你想打啊？没听讲谁能打啊……”冬至大娘脸上堆着笑，拎着小脚，默默地退了出去。

老憨过去是游方铜匠，老伴离世之后，年纪大了，又患了咳疾，便心灰意冷地待在牌楼。

铜匠按营业方式分为两种：一种是没有店铺的游方铜匠，挑着一副担子，早晨出门，走街串巷，手持五块铜片串成的“铜串子”，到那烟火稠密处，手一抖，铜串子抖开了，一阵哗啦啦叮铃铃脆响；手再一抖，铜串子立马收成一叠铜片，那做派，仿佛唱戏的甩水袖一般，要多好看有多好看，要多舒展有多舒展。铜串子是游方铜匠的行当招牌，而那叮铃铃的铜串声，也算是铜匠行当的特色吆喝。听到那叮铃铃的铜串声，就有人循声探出头来，招呼着，“喂，换个脸盆吧！”或者“喏，给铜瓢接个把咧！”一般来说，游方铜匠主要就是修修补补，碰到连阴雨，也会歇下来，打制一两件居家过日子的小器皿。老憨年轻时游遍了四方，自己挑着担子做铜匠，徒弟担着挑子做货郎。不是老憨刻意盘剥自己的徒弟，而是铜匠收入微薄，乡下人骨子里节俭，一年到头，并没有多少需要修修补补的活儿。迫于生计，有些游方铜匠干脆把副业变成了主业，一门心思做货郎。别看就是些油盐酱醋、针线头绳什么的，货郎做的是无本生意，而且送货上门，薄利多销，家家户户都需要。

老憨年轻时劳碌惯了，老了，闲不住，也不愿意坐吃山空，于是做了“补锅佬”。补锅佬就是补锅匠。牌楼出过多种营生，但一直没有专门补锅的匠人。老憨于是填了这个空，大到淘米洗脸的面盆，小到吃饭喝水的瓷缸，他能修的修，能补的补。小修小补的，又是隔壁邻居，老憨不好意思收钱，每次都是好一番拉扯，“我一个人，做么事呢？歇着也是歇着……”最后自然还是收了。也有眼疾手快的邻居直接把钱放在窗台上，老憨佯装没看见，咳咳咳，咳成一张大红脸。

老憨十六岁开始学徒，做了半个世纪的铜匠，盖了房子，结了婚，四个孩子也都拉扯成了大人。三个女儿都许了好人家，生活富足，家庭安稳，没让娘老子操过心。让老憨操碎心的，是宝贝疙瘩一样的老幺。老幺学了一年铜匠，不想学了，改学木匠，还没学出师，竟把师傅未成年的小香芋拐跑了。那还是一个媒婆操持婚姻的年代，这伤风败俗的举动，成了方圆数里妇孺皆知的丑闻。木匠抬不起头来，只好拿老憨撒气，威逼，找茬，要人。老憨忍气吞声，撂下铜匠担子，风雨无阻地出去找，哪能找到呢？

人海茫茫，杳无音讯。老幺再回来的时候木已成舟，拖家带口了。当年那个粉嘟嘟的小香芋气球一样瘪了，成了一个满脸雀斑的小母亲。木匠死活不让女儿进门，老憨上门求情，木匠冷着脸，一声不吭。

或许是颠沛流离的生活磨砺了她的心性，也或许是不堪忍受乡亲们的闲言冷语，大半年之后，香芋用粉笔在门上写了一句话："不要找我！就当我死了……"无声无息地离开了牌楼。香芋的决绝出乎所有人的意料，她是彻底的消失，义无反顾，再也没有回来过。木匠没有追问女儿的下落，作为丈夫的老幺也没有出去找过，苦了那个嗷嗷待哺的孩子，每当日落，喉咙都要哭破了。"找什么找？老子真没事做！死了拉倒……"老幺没事人一样歇了下来，除了带孩子，几乎什么也不做。

老憨自己是个孤儿，心疼孙女，又拿儿子毫无办法，只好由着他去。家里只有两间卧室，堂屋还连着厨房，每个墙角都堆满了杂物，各种各样的农具，一麻袋一麻袋的稻子，已经没有地方下脚。老幺的薄情寡恩，让老憨彻底寒了心，他不愿意整天和老幺大眼瞪小眼，便在厨房后面搭了一间柴屋，躲进去，眼不见为净。柴屋光线昏暗，只有巴掌大的一扇窗户透进一片光亮。老憨戴着老花镜，佝着腰，埋着头，控制不住地咳咳咳，修修补补。半明半昧间，老憨猛然抬头，就像一头刚刚复活的怪兽。

那间柴屋我们只进去过一次，潮气太重了，墙角渗水，铺着一层干稻草。柴屋里没有柴，地上堆着铁砧、手钳、铁锤、木槌以及碎铜屑、破铜片之类的，还有许多待加工的半成品，最醒目的，还是那副抵在墙角的铜匠担子。铜匠都有一副很考究的担子，实际上就是两个长方形的木箱子，拣最好的木头找最好的木匠打的。前面担子的箱体上有两只长抽屉，里面放着工具和半成品的坯件；后面的担子上也有只长抽屉，下面是风箱，专供生炉子着火用的。这样的担子在铜匠行业中被称为“熟担子”，“熟铜匠”支起风箱，生起炭火，一字摆开模具，化铜浇铸，边加工边销售。“生铜匠”除了有一副“熟担子”，还有一副“生担子”。“生担子”就是两只竹箩筐，用来放置各种铜器和交换来的废铜，是小铜匠跟在师傅后面，走村串巷时用的。老憨的箱子已经褪色了，外面还捆着三四根竹青色的细藤条，有两根已经散掉了。老憨比“杀猪佬”大方，我们解开细藤条，翻箱倒柜，他既不阻止，也不恼，有时还会停下来，向我们有一搭没一搭地介绍箱子里的工具，“这个是錾子，可见过？錾花的……”老憨爱用疑问句，又自问自答，慢条斯理、漫不经心的样子，很像我一生老好的祖父。或许，对于一个多年从事手工制作的艺人来说，时光本身就是悠然的，也唯其悠然，才能沉下心来，赋予手工打造的物品以感情，以灵性。

除了止不住咳咳咳，老憨干活时几乎一言不发。我们蹲在他前面，看着他左手夹着一块铁片，右手拎着一把小锤子，在一块黑色的铁砧上敲敲打打。敲，是铜匠入门的必修课，也是一个铜匠必须掌握的基本功——落锤重，容易将铜打破；落锤轻，物件的形状就难以保证。对火候和时机的把握，考验着一个铜匠的技艺和水平。许是一通百通，民间艺人的手都很灵巧，老憨不仅会补锅、打铁，还会垒灶台、砌猪圈。垒灶台、砌猪圈都是瓦匠活，而且还不是一般的瓦匠活，尤其是烧柴的土灶台，没有经验的瓦匠根本垒不出来。有一年蔡老三图省事，给分家单过的娘老子垒了一口土灶台，结果，一点火，浓烟往家里一个劲倒灌。灌了两天，娘老子受不了了，找老憨，老憨上上下下看了看，对蔡老三说："你造的啊？还是你来吧——咳咳，咳咳——上去把烟囱拆掉……"蔡老三按照老憨的办法做，果然就顺畅了。

除了老憨这样的游方铜匠，还有一种是有店铺作坊的铜匠，他们和铁匠一样有自己的炉子，无论是加工铜烟壶、铜唢呐嘴，还是打造铜器具，都需要炉子熔化各种铜原料。破罡街上只有铁匠铺，没有铜匠铺。镇里和县城也没有铜匠铺。铜匠铺太铺张了，投资大，而需求量却很有限。有一年，我在上海城隍庙附近闲逛，无意间邂逅了霍强师傅的"铜作坊"。霍师傅是浙江丽水人，在外祖父的铜匠铺子里长大，耳濡目染，便跟着外祖父做了一名铜匠。有铺子的铜匠收入高，经营有规模，打制的物件成批量，手艺好的铜匠还有固定的客户。城隍庙里好几家商户都认霍强的外祖父，外祖父年纪大了，不愿意挪窝，霍强便打着外祖父的旗号，另起炉灶，把自己的"铜作坊"开进了上海城隍庙。

提起外祖父，霍师傅有些伤感。外祖父做了一生的铜匠，两眼一睁，忙到熄灯，到了应该安享晚年时，却被肺癌夺走了生命。经年累月接触铜屑和铜灰，铜匠艺人到了晚年肺都不好，肺癌、肺心病、肺气肿，是这个行当的常见病。

铜器越大越值钱，霍师傅却热衷于"小"，在他的铜作坊里，鱼、猪、羊、铜锁、铜壶、项链挂件、钥匙吊坠、仿古手环……琳琅满目的小挂件有的袖珍可爱，有的古色古香，有的高贵典雅。作坊后面就是操作间，四四方方的工作台上摆着几十种工具，大大小小的锤子、铁砧、刻刀、錾子……三个年轻的学徒在操作间里忙碌，一块毫不起眼的铜皮，放在炭火里烧软后再锤打，变硬后再放入炉中烧一遍，接着再锤。人在作坊里流连，那富有节奏、韵律和力量的敲打声就像一阵阵欢快的旋律，让人忍不住驻足，屏息，用心聆听。

铜匠工艺和铁匠很类似，只不过制铜是个细活，考验的是匠人錾花描朵的机心，巧夺天工的匠心，十几斤重的铁匠锤子是使不上的。一件铜器，要经过下料、折边、退火、定型、焊接、锤打成型、锤打抛光、包边等几十道工序。你能想到吗？打一个简单的铜火壶，至少需要七天时间，经过三十多道工序。因为发自内心的热爱，霍师傅坚持手工锤打，即使利润微薄，即使做一件铜器需要十天半个月。为了保证品质，也为了授徒，最关键的成型和抛光，他总要亲自动手。在他眼里，任何一件亲手打造的铜器都是有生命的“灵物”，而不仅仅是获取财富的手段。

那三个学徒，是霍师傅从老家请来的，包吃包住，每个月还要根据营业收入发工资。年轻人不愿意学铜匠，老憨那种挑着担子、走街串巷的游方铜匠，生存空间几近于无，更不可能再有了。

老憨是牌楼最后一个铜匠，也是最后一个“补锅佬”。他是哪一年走的？我记不确切了，只记得五婶说过，老憨临走前，紧闭的双眼突然睁开，咳出了一大海碗血。“老幺都不沾边，怕传染，你讲可还是个人？可怜咯……”

我在霍师傅的作坊里买了一把小铜锁，亮晶晶的，像一只小螃蟹，比指甲盖大不了多少。儿子戴着去了一趟夏令营，结果，弄丢了。

纸　　扎

“你可怕啊？”五叔摸着我的脑袋，笑眯眯地问，我摇了摇头，好奇地盯着祖父的灵屋，想触摸，又不敢靠近。祖父的灵屋是两间敞亮的瓦房，瓦房前面，还圈了一座四方四正的院子。我家的土坯房已经和祖父一样老了，看上去比祖父还要老，我没有想到，登仙之后的祖父会撇下我们，独自搬进这样一栋气派的瓦房。祖父的院子里，站着一堆花花绿绿的纸人，男的戴着帽子，女的扎着辫子，还有一些人提着篮子，扛着锄头，挑着担子，抬着轿子……赶集一样热闹。太稀奇了，我没有见过，完全是另外一种生活。

“小老兵，来，五叔跟你讲啊——这个叫开路鬼。这个叫大头鬼。这几个是抬轿子的。这四个，红色的，是童男。那一排，八个，喏，绿色的，看见没有？是童女……”五叔指着那些栩栩如生的纸人，一个个地教我辨认。我似懂非懂地看着它们，精致的面部轮廓（没有眼睛。纸人是不能画眼睛的），明媚的服饰颜色（朱红，墨绿。针线历历可数）。乍一看，很像村子里的那个谁，仔细看，又不像了，游离在像与不像之间。眼花缭乱。我记住了那些朱红色的童男和墨绿色的童女（这就是所谓的“红男绿女”），是真的红棉袄、绿衣裳，可爱极了。在牌楼，只有新嫁娘，才有那样喜庆的装扮。

暖阳如瀑，从瓦楞间泻下来。祖父的灵屋在半明半昧中立着，仿佛他寂然而平淡的一生。聚光灯一样的光瀑里，花花绿绿的纸人显得异常醒目，似乎即将复活，正在慢慢苏醒。祖父真的死了吗？那是我第一次经历亲人的葬礼，然而，那些童男、童女和轿夫又让我对死亡产生了怀疑，祖父或许并没有死，而是去了另一个世界。另一个世界衣食无忧，既没有病痛，也没有烦恼，有童男做饭，有童女洗衣，出门还有人抬轿子。不可思议，按照五叔的说法，那是神仙过的日子。我不知道神仙究竟过的什么日子，神仙过的日子已经超出了我的想象。我非常不解，既然另一个世界如此幸福，我们干吗还要待在这个世界，起早贪黑地忙活呢？我问五叔，五叔愣了好半天，脸上浮起又黯然又惊诧的神色，然后便望着我，咧着嘴笑。笑到后来，五叔只好哄我：“你还小，不能整天死啊死的，不吉利。不懂？不懂也不要问，大了自然就懂了。可知道？”我点了点头，似懂非懂。五叔越是不说，我越是困惑。然而，除了五叔，我不敢再问其他的大人，包括父亲和母亲。在儿童的世界里，死，是一个需要避讳的词，也是一件需要避讳的事。大人的极力避讳，反倒激发了孩子们的窥视欲和好奇心。因此，乡下孩子的死亡教育，都是在葬礼上完成启蒙的，尽管这样的启蒙，一开始就被镀上了“形而下”的顽固烙印。而城里的孩子，他们的死亡教育是“形而上”的，批量灌输的生死观甚至以教科书的形式，保障了意识形态的高度正确。不知死，焉知生？不认识死亡，也很难透彻地认识生命。现如今，动辄挥刀弄枪，杀人越货的，正是一群匆匆忙忙长大的孩子。对于生命，哪怕是最卑微的生命，也要葆有一颗敬畏之心，而这一点，大人并没有正确地教导过孩子们。事实上，大人也无从教导，他们自己也从未接受过这样的教育。生死教育的残缺，已经不是一代人的事情。死亡教育其实就是生命教育。在我看来，死亡教育的重要性，高出语文、数学和英语，是一门不可或缺的重要课程。

那一年我八岁，混沌初开，既好奇烛火般明灭的死亡，也畏惧只有眉毛没有眼睛、只有鼻子没有嘴巴的“大头鬼”和“开路鬼”，更多的，还是挥之不去的困惑。这一份困惑，埋在心底好多年，每一次打开，都像经历一次梦魇。除了偏方，祖父一生没有吃过一粒药，没有打过一次针（牌楼一直没有赤脚医生），也没有进过一次医院（离牌楼最近的卫生所，在十公里之外的扫帚沟街。十公里，太远了，几乎到了天边，渔民出身的祖父徒步不了这么远）。临终当晚，祖父还喝了一碗山芋稀饭。一切如常。夜半的时候，祖父忽然喊了两声“小老虎”（我二哥的乳名），等父亲闻声起床时，祖父已处于弥留之际，半个小时不到，便寿终正寝，驾鹤西去。祖父终年八十九岁，罕见的高寿了，在牌楼，这样的丧事已经不是丧事了，是喜事，俗称“白事”。白事当然也有悲伤，但悲伤已经很浅了，没有人恸哭，妇女们嘤嘤的哭声从白色的孝帐里传出来，仿佛遥远的摇篮曲。没有人上去劝慰，大家都心知肚明，上人死了，下人总要哭几声，做做样子，这是哭给活人看的。更多的时间，乡亲们团团围在一起，抽烟，喝茶，谈笑风生，和闹洞房一样百无禁忌。禁忌其实还是有的，白事，事字前面还有一个白字——雪白的挽联、经幡、孝帐和花圈。这个白字，会让人想到一夜大雪之后，银装素裹的山峦、河流、草木、大地。周遭一片白茫茫。置身天地间，人太渺小了，沧海一粟，不值一提。而众生必死，在死亡面前，人更加微不足道。“子在川上曰：逝者如斯夫。”流逝的不只是水，还有有形的人类和无形的时间。

祖父的牌位，立在他的灵屋前，案上两根粗硕的红烛，兀自垂泪。五叔已经在祖父的灵屋前守了三天，古铜色的脸上，悲伤悉数褪去，取而代之的，是皱纹一样醒目的疲惫。疲惫的五叔依旧和蔼可亲，面容慈祥。父辈中，五叔的长相最像祖父，性格也像，遇事不紧不慢，沉稳中透着安详。我问五叔：“这是谁扎的啊？太像了……”五叔的眼神从纸人身上收回来：“老朱扎的。杏庄的老朱，也就他能扎得这么像。”

我知道杏庄，但不认识老朱。杏庄就在牌楼隔壁，顺着巢山脚下的一条羊肠小路往西跑，穿过一片错落的田畈，绕过一片苍翠的竹林，就到了。杏庄那么大，哪个才是老朱的家呢？我和大强结伴，像两只没头的苍蝇在庄子里乱飞。杏庄和牌楼几乎没有区别。两三栋砖瓦房，十几栋土坯房。拐一个弯，面前忽然冒出一座圆锥形的草垛。在砖瓦房、土坯房和草垛之间，是一片片篱笆扎起来的小菜园，青的青，红的红，紫的紫，生机勃勃。入秋了，杏庄没有杏花，几株粗壮的山茶从篱笆墙上探出来，洁白的花瓣，满月一样怒放。房前屋后都是树，梧桐、枫香、乌桕（心形的叶子在秋风中泛红，我们叫它“洋辣子树”）、构树（我们叫它“橡皮树”）、刺槐、泡桐、椿树、桑树、楝树。这些树，牌楼都有，还有一些杂树，我和大强都不知道名字。果木中杏树最多，也有很常见的桃树、梨树、枣树、枇杷、无花果。那一次，我和大强一无所获，不敢问人，也没有人问我们。大人草草地瞟我们一眼，很快又转过身去，似乎都有极重要的事情等着他们去做。最深刻的记忆却是一条威猛的大黄狗，从敞开的院门里窜出来，又在几米远的地方顿住了，粗壮的尾巴一寸寸垂下去，低沉的怒吼着在地面上滚动。我吓软了，大强也吓软了，想哭，又不敢哭出来。好在它主动放弃了攻袭（今天想来，它之所以突然放弃攻袭，是因为我和大强始终手牵着手），屁股和尾巴夯在地上，上身耸立，昂着头，器宇轩昂的样子，警惕地盯着我们。

见不到老朱，我对纸人的好奇心并没有泯灭。每逢人家举丧，我总要想方设法地缠着五叔，让他陪我去看。我想看的不是葬礼，而是灵屋和纸人。它们都出自老朱一人之手，其实大同小异，但我总是看不厌，五叔很是不解：“还有什么好看的呢？都一样啊。难不成，你还想学扎纸啊？”我同样不解地看着五叔：“我是想学扎纸，不能学吗？”五叔先是一愣，接着便板起了脸：“小老兵，你听着，这条路你走不通！扎纸是个饭碗，这不假，不过呢，这碗饭不好吃，你也不能吃。我们这一门，谁也不能吃。可听见了喔？！”五叔从未责骂过我，但那一次，五叔的语气极其严厉。他的当头棒喝，瓦解了我找老朱拜师学艺的念头，也渐渐让我明白，虽然灵屋和纸人是门好看的艺术，但扎纸不是一门好学的手艺。遇到人家举丧，他再也不肯带我去看，仿佛变了一个人，大队干部的样子，拽文，说古，翻来覆去地念叨“书中自有黄金屋，书中自有颜如玉”“万般皆下品，唯有读书高”。读书“高”在哪呢？他想了半天，答不上来，脸涨得通红，想发火，又不好直接发作……许多年之后，我还记得他的窘态，那种老实的窘态，孩子般的，近乎可爱。他是真的疼我啊！既毫无原则地纵容我的顽劣，又苦口婆心地劝导我要好好念书。然而，在当时，我并不明白他对我的疼爱，也不理解他突如其来的改变。

终于见到老朱时，我刚刚大学毕业，在省城谋了一个并不喜欢的饭碗。之前那漫长的十余年，我再也没有主动去看过人家的葬礼，也再没有想过拜老朱为师学扎纸。小学和初中，我无数次经过杏庄，也无数次遭遇那条大黄狗。我已经不怕它了，每次它朝我奔来，我总会准确无误地掷出事先准备好的小石头。黄狗喜欢追逐我的小石头，在一次又一次的追逐里，我们终于成了好朋友。我当然没有忘记那些气派而逼真的灵屋，惟妙惟肖的纸人，以及形态各异的魑魅魍魉，只是，随着年龄的增长和阅历的增加，扎纸这门手艺对我已经失去了神秘感。

扎纸，又叫纸扎、糊纸、扎罩子，是中国一项传统的民间技艺，古时的“五花八门”，就有扎纸这一门。哪五花呢？金菊花：卖茶的女人；木棉花：为人治病的郎中；水仙花：酒楼歌女；火棘花：

玩杂耍的人；土牛花：挑夫。八门是指：一门巾，算命占卜之人；二门皮，卖草药的人；三门彩，变戏法的人；四门挂，江湖卖艺人；五门评，说书评弹者；六门团，街头卖唱的人；七门调，搭篷扎纸的人；八门聊，高台唱戏者。七门调，说的就是扎纸的。

扎纸的历史最早可以追溯到汉代，造纸术发明之后就有了这种艺术。相传，扎纸源于民间的迎春活动“打春牛”，继而被引入传统的年节和丧葬活动。到了宋代，扎纸以它精美的彩绘和特有的艺术造型达到鼎盛，清末以后，受各种文化的冲击，扎纸这门技艺开始走向式微，风光难再。如今，扎纸作为一种传统的丧葬习俗，依旧残存于民间，不过，也已经难以为继了，它渐行渐远的身姿，显出了龙钟的老态。

广义的扎纸包括彩门、灵棚、戏台、匾额、人物、戏文、风筝、灯彩等项，狭义的扎纸主要是指祭祀活动中的纸人、纸马、摇钱树、金山银山、牌坊、门楼、宅院、家禽等用来焚烧的纸制品。虽然生活中能用到的东西，都是扎纸的对象，但约定俗成，有些东西是不扎的，比如糖罐和汤匙。

五叔喜欢吃糖，他可以几天不吃菜，但不能一顿没有糖。红糖拌稀饭，他一天能吃三顿，一顿能吃两大碗。五叔对糖的痴迷让五婶有些隐隐的不安，五婶把糖罐子藏了起来，他于是不吃不喝，躺在床上，一言不发。五婶拗不过，终于毫无办法，“你就死吃吧，吃到死！”五婶原本只是说说气话，不幸竟一语成谶。五叔晚年患上糖尿病，尿里都是血，又始终不肯去医院，最终恶化成了尿毒症。离世那年，五叔刚满六十周岁，他在端午前夕的一个雨夜独自离开，和那些外出谋生最终杳无音讯的牌楼人一样，决绝的五叔，没有留下一句遗言。没有人知道他是怎么走的，五婶有所察觉时，他已经没有了心跳和呼吸。等我陪父亲赶到牌楼时，五叔已经躺在门板上，全身蒙着一床绛红色的绸被单，一只粗砺的蓝瓷碗搁在枕边的地上，碗里举着一盏小小的长明灯，灯芯草跳荡的火焰，氤氲着一小团暖融融的光晕。雪白的经幡高高挂。灵位前的相框里，碳素的五叔（民间画师的作品，这也是一门消失的手艺）依旧笑眯眯地，仿佛就在隔壁喝茶，并没有走远。恍如隔世。我喊了一声“五叔，老兵回来啦”，他不说话；我又喊了一声“我再陪你下一盘棋吧……”他依旧没有回答。我伏地痛哭。这个躺在门板上一言不发、视我如己出的人，竟没有抽过我一根烟，也没有吃过我一颗糖。我上大学之后，他忽然迷上了象棋，每到寒暑假，尤其是春节那几天，他总要抽空找我“杀几盘”，抽车，跳马，架炮，将军！每次都是他赢，乐呵呵地笑，露出一口残缺不齐的牙齿，“每一步都要走准了，可知道？一步走错，不说全盘皆输，至少你要绕许多弯路……”这既是象棋之道，也是他从棋盘上悟出来的人生哲理……如今，他再也不能喊我下棋了！那种渗入骨髓的痛，无法言传，只有失去至亲的人才能体会。

第二天一早，老朱来了，黝黑而粗糙的国字脸，细长而弯曲的八字眉，不怒自威，像京剧里的张飞。一时间，我竟有些神思恍惚，他身上的煞气太重了，我无法把眼前这个人和那些精美的扎纸联系起来。那些栩栩如生的纸人，几可乱真的灵屋，从记忆深处慢慢复活。我原以为自己已经忘却，原来一直都在，它们唱歌，

手

摄影 / 张恩水

响器班子

摄影 / 钱叶全

它们跳舞，它们赶集，喜气洋洋，美轮美奂。我正准备上前递烟，老朱已经准备走了，他很胖，白汗衫裹着的后背，汗渍渗出来，像一块左右晃动的门板。五婶撵着他，一边作揖一边说："好人咯，你好歹给扎几个……"老朱一只脚已经迈出了门槛，又不由自主地缩了回来，"不是我不扎，我是真没有扎过。你去问问啊，谁家老人扎糖罐？扎汤匙？我扎纸五十多年了，没哪家扎过啊……"老朱话音未落，父亲从门外闪进来："凭你老朱的手艺，什么东西扎不出来啊？凡事都有破例，你讲可是吧？"五婶急忙附和："是这么讲咯。他就服你的手艺！你就当是做好事了，好人咯……"老朱的脸上浮起一片不易觉察的微笑，他瞥了一眼碳素的五叔，好半天之后，终于点了点头。

第二天中午，志武就挎来了一只竹篮子，竹篮里，摆着两只糖罐和四把汤匙。糖罐和实物大体相仿，汤匙是用硬纸板扎的，形似一条修长的鲫鱼。"哎哟！这个老朱，真是的……"五婶接过竹篮子，喜滋滋地，乡亲们围了过来，一面好奇地打量着糖罐和汤匙，一面异口同声地夸赞着老朱的手艺。等五婶回过神来，准备和志武结账时，文文弱弱的志武已经走远了。

志武是老朱的长子。志武的爷爷、老朱的父亲是个道士，扎纸这门手艺，就是道士传下来的。在乡亲们的传说里，道士是个异人，他很早就掐准了自己的死期，临终前几天，他让老朱挂出了"朱门纸扎"的木质门牌（道士的手笔，朱砂写的，馆阁体），还郑重其事地立下一道遗嘱："朱门纸扎出朱门，不许传给外姓人。"如今，方圆数里，会扎纸，也还在扎纸的，只剩志武一个人。能掐会算的道士大约没有料到，到了志武这一代，竟没有人愿意再传承他的手艺。志武的两个堂弟很早就离开了牌楼，一个做生意，一个做厨师。志武是长房长孙，别无选择，只好跪在祖宗的神位前，接过父亲的衣钵，成了“朱门纸扎”最后的传人。志武有两个孩子，大的是女儿，“书没有念出来，在义乌打工”；小的是儿子，上大学了，从不承认自己的曾祖父是一个道士，绝口不提自己是“朱门纸扎”的后人，而且父亲还在扎纸。在大学生的意识里，扎纸属于一个没落而蒙昧的世界，而他的世界是一座象牙塔，代表着科学、健康和文明。大学生已经离开了牌楼，和他的两个堂叔相比，大学生的离开更加彻底。正是一代又一代人的逃离，使一座座村庄“空”了下来。世界不在牌楼，世界在大学生所在的那个世界。毫无疑问，“朱门纸扎”传到志武这一代也就到头了，它将和志武一起消亡，和生命的消亡相比，手艺的消亡更加无声无息，没有人在意，也不太可能再有人惦记。当志武极不情愿地披上老朱的道袍时，垂暮之年的老朱颤颤巍巍地亲手将那块家喻户晓的门牌摘了下来。在乡亲们好奇的目光里，志武恭恭敬敬地接过门牌，双手微微颤抖，像清明、冬至和春节时接过祖宗的牌位。整个过程，父子俩一言不发，心照不宣。那时候，殡葬制度已经开始改革，遗体一律火化，城乡“一刀切”。从土葬到火化，改变的不仅是丧葬模式，还有沿袭多年的风俗和礼仪。比如扎纸。火化是一种减法。推行火化，就是删繁就简，葬礼的仪式感消失了，程序单一，直奔主题。土葬被强行取缔之后，白茫茫一片铺天盖地的扎纸必须和葬礼一样从简，不然就喧宾夺主了，显得很突兀。

老朱和志武都明白，曾经风光无限的“朱门纸扎”已经走到了尽头。晚年的老朱深居简出，几乎从不上街，更不主动串门。春天的嫩绿的清晨，早起的乡亲偶尔能看到他背剪着双手，在大塘四周心事重重地散步。虽然每隔一段时间就有人告别这个世界，在呼天抢地的号啕中灰飞烟灭，但上门请老朱扎纸的人越来越少，几近于无，偶尔有人上门，出面接待的都是志武。披上道袍的志武一改昔日的文弱形象，风里雨里，他已经淘出了一副结实的身板，像一座铁塔。

即便是火葬，灵屋也不可或缺，为亡人烧灵，是葬礼中必不可少的程序之一。不过，现在的灵屋和过去已经不一样了，现在的灵屋都是半成品，最后用纸糊起来的。2011 年元旦，在和尿毒症斗争了四年多之后，母亲依依不舍地松开父亲的双手，在夕阳的余晖里，独自前往无疾无痛的天国。母亲的灵屋，是老朱亲手扎的（志武只是帮忙打打下手），雕梁画栋，花团锦簇。飞檐是飞檐，翘壁是翘壁，大门是大门，窗户是窗户，院子是院子。院子中央，卧着一条狗、一只猪，立着一头牛（男死烧马，女死烧牛。据说古时，人死之后是骑着马飞上天的，烧纸马，是希望亡人能像古人那样骑马上天。女人烧牛，说是女人在世时洗衣做饭，浪费了很多水，烧牛是帮着女人喝掉一些水，以减轻她前世的罪过），匍匐着一群鸡（也或许是鹅）；门前，还站着四个清清爽爽的童男童女。太贴心了，像是换了人间。母亲的灵屋是老朱的收官之作，他毫无保留地献出了毕生所学，他高超的技艺，也在母亲的灵屋上得到了淋漓尽致的体现。几年后，当留守在牌楼的老人们无意中谈到母亲时，仍会想起老朱的收官之作，仍会情不自禁地啧啧称奇。

2017年盛夏，日落时分，父亲在睡梦中往生。志武闻讯赶来，骑着一辆破旧的摩托，呜呜呜，推销他的灵屋和扎纸。老朱已经过世了。那个初冬的清晨，妇女们蹲在大塘的石板上洗衣，老朱反剪着手走在塘埂上，慢悠悠地，像风中飘荡的一枚黄叶。谁也没有料到，也没有人在意，不过一眨眼的工夫，老朱忽然一头栽倒在地。前后不过十分钟，等志武闻讯奔向塘埂时，老朱的鼻孔里渗出一摊血，脉搏已经不再跳动。当天早上，他五点钟不到就起床了，烧水，泡茶，还熬了一锅糯米稀饭，怎么会说走就走，而且还走得这样快呢？他是积了大德了，这样的死亡，没有一丝痛苦；这样的死亡，也最接近生命的虚无。说起父亲的死，志武一脸茫然，让人怀疑他其实是个冒牌的道士。道士和扎纸一样既需要悟性，也需要苦修。这是一条清苦的艺术之路，半途而废的人比比皆是。

和母亲的灵屋比起来，父亲的灵屋寒碜了许多，薄，而且脆，像余晖里瞌睡的老祖母。有一扇窗户已经破了，粘着一条细长的透明胶带。没有狗，没有猪，没有马，也没有鸡或鹅，更没有童男童女。敷衍了事。完全不是“朱门纸扎”的水准和手艺。你这完全是在糊哦！我很生气，志武无所谓地笑，呵呵呵，本来就是糊的啊。志武懂得与时俱进，他自己已经很少动手了，雇人干，一天一包烟，两顿饭，夏天喝冰镇的啤酒。乡下有的是这样的闲人，或残疾，或智障，或是再也回不了家的流浪汉……虽然近乎盘剥，总归也是善事，乡亲们并没有太多的闲话。更令我生气的，还是志武的自作主张，他在父亲的灵屋里塞进了电视机、电冰箱、洗衣机、太阳能热水器，汽车、房产证、存折，凉拖鞋、棉拖鞋、胶鞋、雨靴、布鞋、单皮鞋、棉皮鞋，背心、褂子、衬衫、短裤、夹克、薄裤子、厚外套、棉裤、棉袄，碗柜、床头柜、板凳、椅子、餐桌、箱子、衣橱，雨伞、手电筒，锅碗瓢盆、勺子、筷子、菜刀，高压锅、电饭煲，还有纸牌、扑克牌、麻将和手机……日常生活用的，穿的，吃的，玩的，一应俱全。当然，所有的物件都是纸糊的，明码标价，按件收钱。灵屋一千八百元，那些乱七八糟的物件共计五百四十元。我多少有些惊讶，“朱门纸扎”的志武，居然成了一个发死难财的生意人，道袍是他最有效同时也最具迷惑性的道具。志武一面和我核对账目，一面解释说：“现在都这么搞！人家都有，就他老人家没有，那怎么照呢？也不要几个钱，你定哦，实在不想要，我就带回去，反正这东西又坏不掉……”人家都有，父亲是个要面子的人，怎么能没有呢？一定要有的。我不想再和一个成竹在胸的生意人讨价还价。父亲在镜框里笑着，又向镜框里退去。志武捧着一盏锈迹斑斑的茶杯，坐在凳子上，抽烟，笑眯眯地，看着我数钱。天气太热了。脱下道袍的志武光着膀子，和乡亲们没有太大的区别，大口喝酒，专心致志地对付红烧肉，说各种各样的荤段子。老朱身上那种神秘的“场”从志武身上消失了，志武主动走下神坛，骑着摩托，一路踉跄。老朱从来不骑摩托，他坚持步行，步行中的道袍有一种飘然物外的出世感。这是一个深刻的变化。我不知道这种变化会在多大程度上影响一座村庄，但我知道，志武将是小村牌楼最后一个道士。大强跟着志武学了两个月的道士，死活不学了，孤魂一样在田野里游荡，野鬼一样偎在墙脚下晒太阳。大强罹患重度类风湿，关节粗大，手指变形，他捉蜈蚣泡酒喝（牌楼人的偏方之一），差点没把自己喝成了瘫痪。“那不是人干的事，”大强说，“道士念祭文，眼睛总是闭的，对吧？知道为什么要闭眼吗？”我想了几种答案，每一个答案都很勉强，大强于是贴近我的耳朵，神秘兮兮地说：“一念祭文，就有许多小鬼在灵屋四周打转。我不骗你，凡胎肉眼看不见的……”我几乎跳了起来，毛骨悚然。

我相信大强没有说谎，他的世界观依旧停留在童年。他几乎不再和我对视了，这种身份和观念上的自卑，让我离他置身的那个世界越来越远。每次碰到他我总要说，到合肥的话，记得找我。他总是淡然地笑，二十多年了，一次也没有来过。“我准备老死在牌楼了。外面太烦，也吵，我不想跑。”大强一语揭穿了世界的本质——烦，吵。童年的小伙伴，已经活成了乡村哲学家。我哑然，心头涌起一缕悲伤。

童年的小伙伴，还有神。那时候，神和我们住在一起，人神共生，神像自幼一起长大的家畜和家禽。没人觉得这是一件多么神秘的事情，和吃饭穿衣一样自然。“头顶三尺有神明，不畏人知畏己知。”（清·叶存仁）做人做事，总会想到头顶三尺，对人对事，便多了一份敬畏之心。如今，真正的道士已经消失了，神于是也跟着消失。神住进逼仄的神龛，田畴一样孤寂，老屋一样凄凉。举头三尺，是和城里一样的灰蒙蒙的天空。大地清明，不是“生生之谓易”的清明，是废墟上的重建与诞生。神消失后，“生生之谓易”也从大地上消失。村庄旧得发黄，看上去尚有微微的呼吸，正在无可救药地没落、荒芜、沦陷。气若游丝的村庄最终将被大地接纳。它从大地上被建造起来，最终仍隐于大地。朴素而苍茫的大地。

“且夫天地之间，物各有主，苟非吾之所有，虽一毫而莫取。惟江上之清风，与山间之明月，耳得之而为声，目遇之而成色，取之无禁，用之不竭，是造物者之无尽藏也，而吾与子之所共适。”（苏轼《前赤壁赋》）明月照耀过苏轼，又照耀我们。清风拂过苏轼的虬髯，也拂过我们的脸颊。苏轼所谓的造物者，是天老地荒；所谓的共适，是一起分享。

天地混沌，大德曰生。

入殓者

死亡是人生的大事，牌楼人对于死亡尤其重视。生前无论多凄惶，一旦走了，下人总要把后事办得风光一些，这既是亡人的哀荣，也是生者的体面，办差了，办砸了，失礼了，男女老少都要在背后戳脊梁骨，甚至指鼻子骂的。可以说，和死亡有关的一切，样样都不能大意。那一年，德贵二爷死了，桂皮从广西赶回来奔丧，长途跋涉的桂皮在给父亲磕了三个响头，又吞掉两大碗面条之后，坐在屋檐下睡着了。老西性格耿直，张口就骂：“吃的死去！还困告，什么时候不能困告！”“吃的死去”是牌楼人的口头禅，是骂人临死之前还要大吃一顿，有浪费粮食的意思；“困告”是安徽、江西等地通行的方言，意思是睡觉。惊醒过来的桂皮一肚子委屈，却又不能发作，只好赔着笑脸，轮流给大家敬烟。老西吐出一口浓痰，铃铛一样的大眼珠从烟雾里突出来，瞪着桂皮，口气缓了，“娘老子死了，下人要哭，这个还要人教吗？我们这些进房的，烟不烟的倒无所谓，你总要招呼一声吧？”桂皮哭不出来，只好一个劲地点头，红着脸，孩子一样站在老西面前。

进房的，就是入殓者。在牌楼，“进房”是一个与丧事有关的特殊职业，除了最后的安葬，葬礼中的绝大多数琐事都由进房的负责。按照牌楼的风俗，家属不能触碰亡人的身体，也不能参与料理亡人的后事，因此进房要做的事情具体而琐碎——人一旦弥留，进房的就要候着了，第一时间擦拭亡人的身体，换好事先准备的寿衣，然后将遗体抱上升天的大椅子，最后还要将遗体安放在门板上，停灵一到两天，供亲友吊唁。这是丧事的第一个重要环节。丧事的第二个重要环节是入殓，入殓之前，进房的裁缝要替亡人重新换一身老布缝制的衣服，然后进棺，入殓，配合道士做法事。丧事的第三个重要环节是出殡，出殡虽然不需要进房的人，但进房的也要帮着张罗，比如收拾亡人床上的被褥、稻草，整理灵堂上的孝帐和花圈，如此等等。一个约定俗成的规矩是，进房至少需要四个儿女双全的中年人（有“儿孙满堂”“四四如意”的寓意），非直系亲属，其中一个人还必须是裁缝。不过随着时间的推移，许多约定俗成的规矩都发生了变化，有些变化看得见，有些变化是看不见的。比如说眼下，还在牌楼的中年人就越来越少了，常年在家留守的，只剩下十九位老人（其中还包括八位妇女、一位病人），四个蹒跚学步的孩子，两名小学生，一名初中生。除了大志这样专门的殡葬从业者，没有人愿意进房，作为一种职业，“进房”虽然和木匠、瓦匠、裁缝、剃头师傅一样抽百家烟，吃百家饭，但很多人嫌晦气，不愿意干。事实上，牌楼的进房人早已青黄不接，大志思来想去，最后找到一脸愁容的老西：“你抽烟，喝酒，哪样不要钱？跟我进房，别的不讲，最起码，你能自己糊自己……”老西的老妻当时刚刚过世，他斗争了好几天，最后还是答应了大志。我还记得老西的老妻，很喜庆的一个人，见谁都笑眯眯地。那年农忙，她感冒，总是好不了，气得把剩下的半瓶药都吞了下去。好了，天国里没有感冒。愿她安息。苦了老西，一个人，守着一栋空荡荡的房子。楼上楼下，电灯电话。老西晚上基本不开灯，太亮了，家里愈发荒凉。大志的指引让老西的心口重新暖了过来，人死不能复生，生活总得继续，于是给大志做下手，影子一样跟着他进房。

大志原先是个“杀猪佬”，力气大，胆子更大，“人死如灯灭”，这是他经常挂在嘴边的一句话。在牌楼，横死异乡的人是不能进门的，棺材还要在老坟场搁置一夜。这样的丧事虽然简单，但很多人避之唯恐不及，既不愿意进房，也不愿意守夜。只有大志从不推辞，他在老坟场铺一床草席，夏天摇一把蒲扇，听收音机，秋冬季节就裹着被褥枯坐着，一晚要抽两包烟。老坟场在村外的一处荒坡上，荒坡下还有一口月牙形的池塘，池塘四周长满了枝叶横生的泡桐和刺槐。泡桐花开了，刺槐花开，香气袭人，无数蜜蜂在花丛中穿梭，嗡嗡嗡。这自然是白天的景象，只要太阳一落山，我们就不敢靠近老坟场，老坟场里经常会蹿出一两丛“鬼火”，蓝宝石的颜色，低低地摇曳着，很快又熄灭了，像夜空深处闪烁的星光。大志的老母亲佝着腰，拄着一根柴火棍子，拳头大的脸递过来，说："儿啊，老坟场夜下不能去，有鬼魂啊……"大志刚吃过晚饭，坐在板凳上抽烟，笑着说："哪来的鬼魂啊？胡扯！人死如灯灭……"老母亲还要劝，大志便站起来，把烟屁股弹出半丈远，接着说："人一死，身上的阳气就跑掉了，和一头死猪没什么差别，有什么好怕的？"老母亲接不上话，仿佛是被噎住了，拄着柴火棍子，赌气似的一转身，叹了一口气，颤巍巍地走了。

一物降一物。大志不怕死人，不怕鬼魂，怕"烧锅的"。烧锅的嫌他经常搬弄死人，阴气重，不许他上身。据说有一天午后，夫妻俩吵架，鸡飞狗跳的，大家正准备上门劝架呢，却见大志家烧锅的从卧室里旋风一般刮出来，衣衫不整，手里拎着一把杀猪刀。再看大志，精赤着上身，下身穿着一条短裤。青天白日的，谁能想到呢？大家进退两难，大志家烧锅的却一点也不害臊，她扔下杀猪刀，若无其事地说："狗日的，一天到晚就想着欺负人呢……"大家掉头往回走，边走边捂着嘴笑："到底是谁欺负谁啊？"

在家受欺负的大志，主事时却是个威风八面的人物。治丧是一项复杂的系统工程，需要一个能总揽全局的人，俗称"主事"，这个人不仅要熟悉丧事复杂的流程、礼仪，还要懂得各种规矩与禁忌，什么时辰做什么事，子丑寅卯，一二三四，大家都要听他的差遣。一般来说，主事的都是德高望重的人，比如族长、队长、识文断字的老先生。牌楼是个多姓杂居的自然村，从我记事起，主事的一直是年逾古稀的老队长。老队长虽然耳聪目明，但他年纪毕竟大了，又惯于当“甩手掌柜”，进房要做的所有事情，东家只好私下里托付给大志。大志不是偷奸耍滑的人，又舍得下力气，东家托付的，他办得妥妥的；东家没有托付的，他也办得妥妥的。办妥了也不收钱，都是抬头不见低头见的乡亲，至多会收一瓶新明酿造的高粱酒。牌楼人爱喝新明酿造的高粱酒。新明自小就瘸了一条腿，庄稼是种不成了，怎么活人呢？娘老子愁了十几年，谁知天无绝人之路，新明不仅爱闻酒味，而且还跟着一个亲戚学会了用高粱酿酒，娘老子那个欢喜啊！东拼西凑地开了一家小酒坊，原本只指望自己养活自己，没想到新明竟是个争气的，他酿造的高粱酒口感绵软，价格又便宜（八毛钱一斤），很快就青出于蓝而胜于蓝，乃至名声在外，供不应求了。每到农闲、阴雨天、腊月，老队长总要到新明家的酒坊里打一斤，然后自斟自饮，从正午一直喝到黄昏。

我十三岁那年，步枪大爷在孤苦中离世。步枪大爷喜欢孩子，一到农闲，总要领着一群孩子在田畈里到处玩。每次玩，他总要蹲在田埂上，眯起一只眼睛，两只手一前一后，端出一杆步枪的形状，然后射击，“啪叽”“啪叽”“啪叽”……孩子们佯装中弹，慢慢歪倒在地。歪倒在地的孩子们笑了，爬起来，缠着他继续玩。日子久了，乡亲们都叫他“步枪大爷”，他欢天喜地地应着，一点也不气恼，似乎还很喜欢这个外号。步枪大爷一生未婚，孤身一人寄居在牌楼。老队长念及步枪大爷对孩子们的好，便号令大家凑份子，买了口薄棺材，将老人草草地收殓了。所谓“草草”，是既没有设灵堂，请道士诵经，也没有按照老黄历请“三碗六水”，掐一个吉时入殓，再掐一个吉时出殡——这是牌楼人祖祖辈辈传下来的规矩，穷也好，富也好，都要经过这几道固定的程序。然而，规矩到了步枪大爷这儿，能省的都省了，只有进房这一项，老队长犯难了。步枪大爷是夏天走的，又单门独户，等乡亲们发现时，尸体已经腐烂了，苍蝇像一群盘旋的轰炸机，谁还愿意进房替他穿寿衣呢？大志和步枪大爷非亲非故，但他二话没说，连口罩也没戴，就把步枪大爷的里里外外收拾得好好的。更令大家赞许的是，步枪大爷根本就没有上路的寿衣，是大志花钱买布，请裁缝大胡连夜赶出来的。大志的义举感动了整个牌楼，连邻近的几个村子都震动了，几里之外的乡亲闻讯赶来，在老人低矮的草屋里扯起了雪白的经幡，草屋内外堆满了一层层花圈，只有灰烬一样的草屋顶露在外面。下葬当天，自发赶来送行的老百姓排起了长长的队伍，浩浩荡荡，一眼望不到尽头，雪白的经幡遮天蔽日，锣鼓震天，响遏行云，连吃奶的孩子都被大人抱在怀里，朝老人的坟山远远地拜了三拜……步枪大爷生前绝对没有料到，自己虽然孤苦一世，清贫一生，甚至没有一个人送终，死后却享受了一份莫大的哀荣。记忆里，除了步枪大爷，牌楼还没有第二个亡人享受过如此尊崇的待遇，也没有第二个亡人的葬礼，让邻近的几座村庄倾巢而出，集体送行。

古道热肠的大志赢得了乡亲们的一致推崇，渐渐地，便有东家请大志主事，大志千般致谢，万般推辞，直到老队长公开发话，他才半推半就地应承下来，应承下来也不自作主张，遇事依旧请示老队长。老队长心里欢喜，加上年事已高，索性彻底退居幕后，再遇到请他主事的，全都推给了大志。大志也不再推让，他放下屠刀，不杀猪了，像老队长一样从东家忙到西家。主事的大志依旧和老西一起进房，只是不再事事亲力亲为，而是像老队长一样发号施令，“老西，交给你的两块糕呢？把脚垫起来！”（亡人的双脚要垫在两条糕上，寓意步步登高，往生极乐）“老西，把席子扔掉！”（亡人临终前睡过的被褥，以及铺在被褥下的席子和稻草，都要在室外烧掉）“老西，这件衣服你收好，一定要收好哎！烧屋还要……”（通常是一件白上衣，搭在灵屋上，便于亡人认领）进房的规矩都是一样的，只要按规矩来，出不了多大的岔子。老西是个熟手，年纪也不小了，但他甘心做一个影子，干完这一件，等着大志吩咐下一件。

“不管怎么讲，他还是够义气，从来不亏我们这些人，我有一句讲一句……”老西经常不分场合地夸大志，大家笑眯眯地听着，配合地点头，顾左右而言他，闪烁其词。大家心照不宣，谁也不愿意捅破那层窗户纸。主事之后的大志已经不是往日的大志了，他和老队长一样爱喝新明酿造的高粱大曲（新明自创的一种比较高档的陈酿），也和老队长一样吃饭总要坐上席。每一餐，他总要率先端起小酒盅，“嘶”的一声，慢慢地吁出一口气，脸上浮起一片满足与惬意，然后才用筷子在桌子上划拉一圈，招呼大家说：“吃，都吃。”更令大家意外的是，和老队长一样，请大志主事也要提前送酒了，如果没有带酒，他就沉着脸，各种理由，推三阻四。酒送来了，他的脸色随之舒缓了过来，说：“酒钱你在工钱里扣，我不白喝。规矩不能破，你晓得啵。”说是规矩，其实是架子，是派头，东家心知肚明，却佯装嗔怒：“扣什么工钱？这叫什么话，不见外了嘛……”主事的为尊，进房的为大，谁敢在丧事上打折扣，更何况只是一点酒钱呢。说笑了。

大志变了。他彻底告别了农活，每天早上都要在老杜茶馆里泡几个钟头，即便是“双抢”这样的农忙时节，他也雷打不动地出现在老杜茶馆里。令大家瞠目结舌的是，往日那个拎着杀猪刀的悍妇消失了，取而代之的，是一个低眉顺眼逆来顺受的小媳妇。那个豪雨如泼的午后，大志家烧锅的独自挑着死尸一样沉重的稻捆，一路走一路号啕大哭，浑身上下全湿透了。屋檐下的人默默地看着，百感交集，五味杂陈。

更大的变化是在殡葬改革之后。殡葬改革之后，城乡“一刀切”，遗体一律火化，而全县唯一的火葬场又远在几十公里之外，太不方便了。就在牌楼人怨声载道，老人们在跺脚诅咒时，村口的电线杆上突然挂出一块铁牌子——“大志殡葬改革服务队：入殓、火化、安葬、立碑、修墓。方便省心，价格优惠。”后面印着大志的手机号码。在牌楼，大志第一个用手机，第一个骑摩托车，第一个在家里装太阳能热水器……早在殡葬改革之前，大志就垄断了方圆数里的殡葬业务，手下固定有十三个人，牌楼四个，桃园六个，万桥三个。都是老年人，最大的，是他家门里的大舅哥，快七十岁了，烟不离手，牙齿关不住风，说话像自言自语，听不太清楚。为了养活这帮老人，大志明码标价：火化，每人两包烟，来回车费一百八十元，劳务费每人一百八十元；安葬、立碑，每人每天两包烟，劳务费合计一千八百元；修墓，每人每天两包烟，劳务费合计三千八百元；进房入殓不收劳务费，但每人一条烟（金皖，两百六十元一条）、两瓶好酒（两百元左右，新明家的酒坊早就关门了）……这些明码标价的部分是不能还价的，也不敢还价，这既关系到亡人的哀荣，也关系到东家的诚意。更关乎诚意的，其实是饭菜和烟酒。明码标价之后，大志不再强求饭菜和烟酒的档次，但他的不强求甚于强求——人家连进房的劳务费都不收了，你烟酒的档次能低吗？人家也一大把年纪了，还帮你家忙前忙后，你饭菜的档次能低吗？不能低了，每一场葬礼都是谈资，大家都在背后互相比着呢，谁也不愿意在这种事情上丢面子。更何况，老人在地里刨了一辈子，节省了一辈子，也辛苦了一辈子，图啥呢？就图身后这点风光了。一来二去的，水涨船高，饭菜和烟酒的档次便也有了定规，档次只能提高，不能下降。

老西给我们细细算了一笔账，在牌楼，办一场像样的葬礼，至少需要四万块钱，这不算多，老西皱巴巴的脸上忽然漾起羡慕的神色，“杏庄的文革你可记得哟？他老爹爹死，至少花掉十万！”老西在我眼前晃动着两根手指，“十万哎，那个排场，我长这么大还没有见过……”我有些吃惊，老西以为我不信，接着说：“文革弟兄几个都是包工头子，不缺钱。不管是谁，抽的都是中华烟。来帮忙的都付钱，男的出力，两百块钱一天；妇女做饭，一百块钱一顿……”我愈发吃惊，妇女帮忙做饭这种平常的小事，如今已经量化成了金钱，给的人大方，收的人爽快。一拍两清。是劳动力大量外流，孩童时代的牌楼已经变异了，还是现在的社会风气已经变质了呢？孩童时代的牌楼是一个温情脉脉的农耕社会，江家、朱家、曾家、唐家、胡家……无论哪一家遇到困难了，肯定都有人主动上门，有钱的出钱，有力的有力，没有人抱怨。泡一杯粗茶，炒一盘咸菜，蒸一碗鸡蛋，再温一壶高粱烧，够了，坐下来就喝，没有人讲虚礼，也无需客套。没有人谈钱，也没有人要钱，给钱等于是在骂人了。遇到娶媳妇嫁闺女这样的喜事，或者寿终正寝这样的“喜丧”， 大家都自觉放下田里的农活，江家主动送来一捆硬柴火，曾家主动端来一筐大海碗，朱家又扛来一张大桌子、两条长凳子……这时候的牌楼就是一个其乐融融的大家庭，热热闹闹的流水席从早开到晚，酒管喝，饭管饱。自然也有人吵架，骂娘，但骂过也就骂过了，抬头不见低头见，相逢一笑泯恩仇，谁也不会再计较。

2017 年盛夏，父亲在老屋往生。我们请老西帮忙主事，结果老西还是请来了大志。大志也老了，两鬓斑白，谢了顶，依旧爱喝酒，香烟一根接一根，几乎不断火，一边抽一边咳。“反正现在都是火化，简单了，谁主事都是一样的，”老西事后解释说，“我有一句讲一句，他对我不坏，我不能带头破这个规矩……”老西说的倒也是实情，火化之后的丧事直奔主题，许多传承已久的习俗都省略了，成了流水线上的固定作业。只有进房的仪式仍和过去相仿，它让生命的终结有了一种尊严——四个人，早早地候着，捧头，穿寿衣，穿鞋，穿袜子，收拾妥了，再将遗体抬上升天的大椅——父亲刚刚弥留，大志就推开老西，自己踏上父亲的眠床，一条腿跪着，把父亲的头抱在怀里，吭哧吭哧地穿寿衣。他的动作明显有些迟缓了，也使不上力气。大志带来的另外三个人我之前都没有见过，他们各忙各的，偶尔还会停下来，脸上汗水淋漓，焦虑地等着大志。多余的老西显得有些尴尬，他默默地站在大志身边，像一个白发苍苍的单薄的影子。

我跪在门槛之外，泪水和汗水一起滚落。倦鸟归巢，寥落的炊烟正在升起。夕阳的余晖在我的身后，镀亮了远山、田畴和大地。

唢呐声咽

雪积了一夜，被子一样铺满村外的平畴，朝霞纷披的巢山，成了一个肿胀的白面馒头。瓦屋顶上的炊烟已经升起，暖暖的，像母亲的灵魂，在天地一样盛大的虚空里，缥缈着散去。

嘎吱。嘎吱。嘎吱。踩着厚厚的积雪，响器班子神情淡漠地走进了牌楼。领头的中年人看着有些面熟，国字脸，胡子拉碴的，草绿色的羽绒服上沾满了星星点点的污渍。几个陌生的锣鼓手跟在他身后，都拎着响器，其中还有一个中年妇女，穿着一条紧身的黑皮裤，扎着波浪一样的马尾辫。后来我才知道，她负责音响，锣鼓和唢呐停歇时，她会跟着伴奏带引吭高歌，《父亲》《母亲》《二泉映月》《苏武牧羊》《十二月哭娘》……训练有素，混过大场面的样子。

老西从屋里迎出来，久别重逢一样，摇晃着中年人的手。中年人似乎并不习惯这种寒暄，他一面请老西帮忙清除香樟树下的积雪，一面里里外外地忙碌着，扛出一张桌子，搬出两条长板凳，又牵出一根长长的接线板，插上电源。亭亭如盖的香樟树在大门外右侧，主事的已经把树下的那一片空地，提前留给了响器班子。

牌楼人不看重生，看重死，体现在丧事上，各种烦琐的规矩不胜枚举。比如响器班子的位置，要在大门外，右前方，中间还要让出一条正对大门的通道。这条通道是供出殡用的，牌楼给予亡人的优厚待遇，是对皇家礼仪的简单模仿。再比如老人寿终正寝，谓之喜丧，家属会请人来唱戏，说大鼓，放露天电影……凡此种种，牌楼人为死亡营造了一种喜庆的氛围，赋予死亡一种超凡脱俗的形而上的意味。

亡人的哀荣，活人的脸面。给予亡人的哀思，是活人对死亡的一次预演。

唢呐，响起来了。接着是锣鼓。中年人站在树下，昂着头，神情专注地吹着唢呐。他太投入了，唢呐声时而婉转，如泣如诉；时而高亢，阳光一样嘹亮；时而又虚无缥缈，余音绕梁。我靠在门框上默默地听着，又想起远行的母亲，禁不住悲从中来……这是一个摄人心魂的唢呐手。一开始，我怀疑他只是做做样子，遍地假唱，没人规定唢呐手不可以“假吹”，但我很快就确认了，他是真的在吹，吹的还不是葬礼上那些一成不变的曲子，而是即兴演奏，是他自己的创作。牌楼竟有这样的异人吗？我有些惊奇，问老西，老西不相信地瞪了我一眼，“你不认识他？吹爷家的老么，金虎啊……”我一拍脑袋，记忆瞬间复活了，难怪看着有些面熟呢，原来是那个“跟屁虫”啊！

说起来，已经是三十多年前的事情了。金虎“跟屁虫”一样跟着吹爷，大冬天的，吹爷要起早，他也锲而不舍地跟着，吸溜着长虫一样的清鼻涕。我们也喜欢跟着吹爷跑，一来二去，打打闹闹的，大家便都混熟了。

牌楼有两个“爷爷”级别的人物，一个是步枪大爷。步枪大爷一生未婚，孤身一人寄居在牌楼。一到农闲，步枪大爷便领着一群孩子在田畈里“打日本鬼子”，他眯起一只眼睛，两只手一前一后，端成一杆步枪的形状，然后“啪叽”“啪叽”“啪叽”，孩子们佯装中弹，慢慢地倒在田埂上。歪倒在地的孩子们忍不住笑了，爬起来，继续玩……和朝夕相处的步枪大爷相比，“吹爷”就是一个传奇人物。吹爷是远近闻名的唢呐手，让牌楼人津津乐道的，是他用一支唢呐，“吹”来了一个如花似玉的“田螺姑娘”。吹爷家里兄弟多，穷，好几个弟兄都打着光棍呢。有一次，他去吹一个白事，东家是个有钱人，喜欢大排场，唱戏的，说大鼓书的，轮番上阵。轮到他出场的时候天已擦黑，一曲《百鸟朝凤》，把屋里屋外的人都震住了，渐渐散去的人群又聚拢了过来。

一个吹唢呐的穷小子，脏兮兮的，东家原本以为是来混饭吃的，没料想竟有这等水平。东家立即差人在院子里掌灯，穷小子没有推辞，夜露垂降的乡村大院里，又响起了嘹亮的唢呐声。没有人知道那一晚他究竟吹了多少支曲子，老一辈人还记得的是，第二天，东家把唱戏的、说大鼓书的都打发走了，只留下他一个人。

第二天，他一个人不间断地吹。人越挤越多，里三层外三层，围了个水泄不通。

一吹成名。

他这一吹，东家女儿的魂就给勾走了。他吹到哪，东家女儿就追到哪，追到哪也不说话，只用一双水汪汪的大眼睛直勾勾地盯着他。他既欢喜，又忧心，门不当户不对的，癞蛤蟆想吃天鹅肉，一点指望都没有啊。虽然已经死了心，毕竟年轻气盛，穷小子把所有的激情都给了唢呐，如醉似狂的唢呐，只吹给她一个人听。她听懂了曲中的情，也听懂了曲中的怨，于是一不做二不休，像旧戏里的小姐一样，半夜翻了墙头，和穷小子定了终生。东家对女儿伤风败俗的行为大为震怒，脸上挂不住啊，死活不同意这门亲事，奈何女儿寻死觅活，最后还是嫁给了一贫如洗、棉袄上还打着补丁的唢呐手。嫁出去的女儿泼出去的水。东家绝情，再也不准女儿回门，老死不相往来了。穷女婿争气，硬把一支唢呐吹得天花乱坠，红事有人请他，白事也有人请他，靠着一支唢呐，养活了一家五口人。渐渐地，便赢得了“吹爷”的名声，时间一长，大名反倒都被人忘了。

明代《三才图会》记载：“唢呐，其制如喇叭，七孔，首尾以铜为之，管则用木。不知起于何代？当是军中之乐也。今民间多用之。”我国发现最早的有关唢呐的图像资料是新疆拜城克孜尔石窟第38窟壁画中的唢呐，该窟于公元三世纪开凿，由此看来，至迟在公元三世纪唢呐已在新疆地区使用。有关唢呐的文献记载最早可见于明代，王磐《朝天子·咏喇叭》中写道："喇叭，唢呐，曲儿小腔儿大。官船来往乱如麻，全仗你抬身价。"明代以后，文献中对于唢呐的记载就更多了，说明唢呐已进入了繁盛时期。从"军中"到"民间"，唢呐究竟演绎了一段什么样的流变史，这已无从稽考了，但在过去的响器班子里，唢呐手一直是配角，给敲锣的帮腔，给打鼓的伴奏，一直到了吹爷，唢呐手才从配角变成了主角，唢呐不开腔，锣鼓不开场。一个唢呐手的水平，决定了一个响器班子受欢迎的程度。

那是吹爷要风得风要雨得雨的时代，方圆数里的白事，第一个不能少的，就是吹爷的唢呐，有老人甚至专门丢了话："要把吹爷请来啊，热热闹闹的，把我送走……"一俊遮百丑。能听一回吹爷的唢呐，丧事办得再寒酸，大家也都不在意了。

迎来新人，送走故人，吹爷把自己的头发提前吹白了。在多年的走村串巷中，吹爷先后收过七个徒弟，可徒弟们走的走，改行的改行，到头来还在吹唢呐的，只有吹爷一个人。学唢呐苦，要练憋气，练换气，还要练指法，练发声，几天练下来，嘴疼，腮疼，头疼，手也疼。吹爷授徒严，为了练习一个指法，同一个手指抬起又放下，一天要抬起、放下几千次……"三年满，四年圆，五年再挣一年钱。"约定俗成的行规以及吹爷的魔鬼训练，让不少年轻人望而却步。衣钵无人继承是一个艺人最大的缺憾，最让吹爷伤心的，还是金虎对唢呐的背叛。

或许是老幺的缘故，金虎深得吹爷的喜爱，大约吹爷也有心将自己的手艺传给他。金虎一生下来就活在唢呐声里，每次他哭闹，只要唢呐声一响，马上就安静了。有时，他出门去玩，吹爷也会用唢呐声寻人，只要一听到唢呐声，金虎立即乖乖地跑回家。耳濡目染的金虎于是成了“跟屁虫”，跟着吹爷走村串巷。他也喜欢吹唢呐。只要吹爷闲下来，他就拿起唢呐，在原地转着圈子，吹《抬花轿》《金蛇狂舞》《十二月哭娘》，每次必吹的，还是让吹爷一吹成名的《百鸟朝凤》。每次，吹爷都坐在旁边看着他吹，笑眯眯地，若有所思地抽烟，偶尔也会叫停，站起来示范，耐心地纠正他。音乐是需要天赋的，音乐方面的才华基本上和勤学苦练无关，“熟”能生巧，但生不了领悟与想象。金虎十岁时，唢呐已经吹得很有样子了，他甚至想好了，将来以父亲为榜样，学唢呐，吹唢呐，娶个媳妇生个娃……谁能想到呢，青春期之后的金虎突然改变了主意，他觉得唢呐就像军号，不知道什么时候就会吹响，他为此整天提心吊胆。渐渐地，他甚至厌恶起了唢呐，死活不愿意继承吹爷的衣钵，吹爷什么好话都说尽了，他就是不听。相持不下，金虎索性离开了牌楼，长期在四川打工，跟吹爷的关系自然也就淡了。

金虎一走，吹爷整个人都恹了，虽然依旧走村串巷，依旧吹唢呐，但老少爷们都听得出来，往日那股活灵活现的精气神，已经消失了。

晚年的吹爷愈发消沉，属于他的光辉岁月已经成为过去，和牌楼的其他老人一样，守着一座空巢的吹爷，几乎不大出门了。

闲来无事，一头白发的吹爷时常盯着唢呐发呆，偶尔也吹几支小曲，吹着吹着，忽然老泪纵横，不能自已。离世前一天，吹爷把那只老唢呐擦得发亮，然后挂在墙上。当晚睡前，他吹了三回《百鸟朝凤》，最后撂下一句话："老伙计，我要睡啦……"半寐半醒的老伴没有疑心，等她疑心时，六十九岁的吹爷已经在睡梦中撒手人寰。

大半夜的，谁能想到呢？每次提起这一幕，老伴都很悔恨。她祥林嫂一样翻来覆去地诉说，在无尽的自责里，泪如雨下。当年的"田螺姑娘"已经老啦，双颊凹陷的脸积满釉色，像一团风干的腊肉。

吹爷出殡时，锣鼓喧天，鞭炮齐鸣，然而，他吹了一辈子唢呐，送走了一个又一个亡人，到头来，轮到自己了，居然没有一声唢呐为自己送行。方圆数里，没有第二个唢呐手，那支跟随吹爷多年的老唢呐，老伴原本准备放进棺材，入殓前，又被金虎抽了出来："留着吧，我回来吹。"

老西那会帮着主事，金虎的话他听到了，却没当回事。老子在的时候死活不吹，老子死了倒想吹了，谁信呢？哄鬼哦！

老西没有想到，葬完吹爷之后，金虎果然没有再走，他接过吹爷的唢呐，和吹爷年轻时一样，入了响器班子，成了一个走村串巷的唢呐手。吹唢呐他有"童子功"，红事白事上那些固定的曲目，他闭着眼睛吹，一曲《百鸟朝凤》，更是吹得惟妙惟肖，大家一听就愣住了，这是吹爷还魂了吗？

吹爷过世已经十六年了，十六年光阴，改变了牌楼的许多物事。金虎的唢呐已经没有了里三层外三层的听众，响器班子也仅限于白事，很萧条了。他怎么就变了主意，突然拿起吹爷的唢呐呢？我问老西，老西想了半天，最终模棱两可，“哪个好问呢？还是心里有愧吧。吹爷对他，那还有什么话港（讲）嘛……”老西一面忙里忙外，一面陪我聊天。令我诧异的是，唱歌的妇女竟是金虎的妻子，攀枝花人，打工时认识的。“二婚头了，都港（讲）是他拐来的。你不晓得，背后还抽烟呢……”老西掩饰不住一脸鄙夷的神色。

太阳出来了，积雪消融，响器班子依旧守在香樟树下，每来一个吊唁的人，他们就要“响”起来，心照不宣地表达一下悲伤。金虎始终没有看我，他心无旁骛地吹着唢呐，当响器停歇，他便坐在凳子上默默地抽烟，很少参与身边的聊天。或许，他是不愿意触及那段“跟屁虫”的岁月，但我的脑海里还盘桓着他的唢呐声，还记得他昂着头，拖着清鼻涕，鼓着腮帮吹唢呐的样子。他是我的同龄人，却老得很快，看上去，至少已经五十多岁了。

唢呐，铜黄色的裙裾，打碗花的形状。唢呐，苍凉而低沉，高亢而嘹亮，是渗透着中国元素的乡土灵魂一样的乐声。在金虎的唢呐声里，我敲着锣，走在队伍前面，穿过门前那条通道，送母亲远行。和金虎擦肩而过的瞬间，他瞥了我一眼，又迅速垂下眼帘。

唢呐声咽。渐行渐远。

血脉里的路标

“咚咚锵。咚咚锵。锣鼓一打喧四方，今天说的是杨家将……”朱师傅来的时候，酷暑也来了。是正午，地面上热浪滚滚，绿荫里蝉声如雨。从凉床上探出头来，就见朱师傅穿着一双圆口的黑色老布鞋，坐在条凳上，敞着白衬衫，摇着破蒲扇，等着乡亲们来听大鼓书。哪里还要等呢？片刻工夫，乡亲们就团团围住了朱师傅，半只脚都插不进去。这是小村牌楼难得的闲暇时光，牌楼这座皖江北岸的古村落，像一个在烈日下长途跋涉的老人，忽然有了一片浓荫，于是席地而坐，美美地抽起了旱烟。除了吃饭和睡觉，一刻也不曾歇息的老康丢下了锄头，甩着外八字，核桃一样的脸上堆着笑，一路走，一路和人打招呼，“可吃中午（“吃中午”即吃午饭；“吃晚上”即吃晚饭。这应该是牌楼独有的方言，我在其他地方没有听过这样的说法）啦？”答：“刚丢碗咯。”又问：“去听大鼓啊？”又答：“听大鼓啊。嚯！你根子（“根子”即今天，“门子”即明天）没下地啊？”老康听出话中的嘲讽，闷闷地喷了喷鼻子，兀自走在前面，再也不出声。

牌楼人都喜欢听大鼓书，最痴迷的，是老康。老康在村小当过民办教师，教数学，脾气比学问大，罚站，打手，杖屁股，撕书，几乎把所有的家长都得罪了。二姐一直不喜欢数学，有一次只考了四十几分，老康在村口遇到我父亲，忽然站住了，对我父亲鄙夷地说：“你噶（家）那个猪脑子，少有！趁早歇，趁早把人（‘把人’就是说婆家），割割猪草都是好的……”那时候二姐才上三年级，还是个孩子，怎么就想到“把人”呢？父亲恼得满脸通红，又碍于老康的教师身份，不好直接发作，只是用鼻子哼了一声。父亲是村里的老会计，打得一手好算盘，又写得一手漂亮的“门对子”（春联），是方圆数里为数不多的“知识分子”。老康的唐突，让父亲生了很长一段时间的闷气。二十世纪八十年代末，民办教师集体转正，老康踌躇满志，结果却没有通过考试。丢人啊，他拉不下来这个面子，主动放下教鞭，戴上草帽，埋着头，赤着脚，在地里没日没夜地忙碌。他心里憋着一口气，神经始终绷着，日积月累，人就成了一根弹簧，只有大鼓书，能让他浑然忘我。村里只要来了说书的，他总是风雨无阻，一场不落。有一年正月，万桥一户人家办喜事，请了一个会说书的老师傅，那几天老康正发着高烧呢，硬是从床上爬起来，走了七八里夜路，听大鼓。老伴知道拦他不住，也只好由着他去。半夜摸到家的老康哼着小调，老伴一摸他的额头，笑了，已经退了烧。

鼓书艺人大多目盲，但朱师傅是个例外。听老人们说，朱师傅是逃荒逃过来的，一路要饭，要到了桃花，老队长见他可怜，给他舀了半瓢地瓜汤。那时候，很多人都有浮肿病，地瓜汤是很难得的伙食了，寻常人家吃的不是野菜，就是米糠，或者将野菜和米糠一锅煮，先吃稠的，再喝稀的。那是要饭路上吃得最好的一餐，他于是就在废弃的桃花庵里住下来，从东家帮到西家，也不要钱，只求糊个肚子饱。几个月处下来，大家都摸透了他的习性，干活时就是个闷葫芦，但只要一歇工，他就变了一个人，一群人围着他，笑得前仰后合。他不光会说天南地北的奇闻异事，还会唱秧歌、民谣、小调，调情逗趣，嬉笑怒骂，乍一听有些云里雾里，听久了，终于听出了其中的名堂。有一首民谣他经常唱，我至今还记得——

张打铁，李打铁
打一把剪刀送姐姐
姐姐留我歇
我不歇，我要气（去）嘎（家）打呀（夜）铁
打铁打到正月正
我要气（去）嘎（家）摇花灯
花灯摇到清明后
我要气（去）嘎（家）点王（黄）豆
王（黄）豆开花六（绿）豆芽

哥汉（锄）草，妹送茶
妹呀妹，你莫哭
我把你搭个好花屋
妹呀妹，你莫哭
我把你勤（寻）个好婆家
堂前吃饭婆捡碗
房里搜（梳）头郎插花
左一插，又一插
中刊（间）插朵牡丹花
牡丹花上一对蛾
一肩（一直）飞到二郎河
二郎河里姊妹多
丢脱松火（工作）会唱歌
企到（站着）里（的）唱，脚又酸
坐到里（的）唱，几（嘴）又干
倒一碗茶，茶又涩
倒一碗酒，酒又酸
挠威（多谢）隔壁奶奶
倒一碗开许（水）泡心肝
……

类似的民谣和小调，他会唱的实在太多了，一个逃荒过来的人，怎么就这样能呢？更能的是，他居然还会说大鼓书。也是机缘巧合，那一次老康过寿，原本要来说书的吴师傅突发疟疾，老康心里不美，大家心里也不美，谁知道天刚擦黑，他竟借来了一面大鼓，咚咚锵，咚咚锵，一路走，一路敲，“都来哦，都来听我说鼓书……”大家在心里嘀咕，“他还会说书？鬼的港吧！”（“鬼的港”即鬼说的话，有胡说、撒谎、说笑、信口开河之意）虽然将信将疑，却又鬼撵着一样，急慌慌地，很快就把老康家的堂屋挤得水泄不通。“锣鼓一打喧四方，各位乡亲听我港（讲）。话说北宋杨家将，一口金刀八杆枪，辽兵闻风丧了胆……”四言八句一出，乡亲们都呆住了，他哪是什么逃荒的啊？他就是一个说书的！杨家将、穆桂英，老人们听得烂熟，但同样的内容从他嘴里说出来，味道忽然就变了。有的人说书是用清水炒白菜，寡淡，吃完也就吃完了；他说书，是在白菜里加了几粒肉丁，色香味，都有了。

有这个本事，还打什么零工呢？在老队长的帮衬下，他置办了行头，买来了大鼓，成了一个走村串户、吃百家饭的说书人朱师傅。他说书有两个特点，一是会用情节吊人胃口，任谁都听得进去；二是将打、唱、念和表演都融进了鼓书，惟妙惟肖，很有大珠小珠落玉盘、余音绕梁之势。在农村说书，耍的不光是嘴皮子，能把人留下来那才算本事。朱师傅懂得其中的奥妙，每次说书，他都要先唱一段，唱完了，人气也够了，醒木猛然一打，咚咚，咚咚，又急急地敲起大鼓，鼓停，开始抑扬顿挫地说书。他唱得婉转凄楚，说得波澜壮阔，然后又平静如水，表情变化丰富。台下始终鸦雀无声，大家都凝神屏息，醒着耳朵，生怕听漏了一句。

他说完了，一屋子的人还挤挤挨挨地坐着，笑着，说着，不愿意散去。

说书（古时称之为“说话”，有的地方称之为“说大鼓”“讲古”）是一门古老的表演艺术，宋代开始流行。由于鼓书艺人多说方言，在漫长的流变中，鼓书渐成方言文化的重要载体和组成部分，形成了东北大鼓、京韵大鼓、乐亭大鼓、河洛大鼓、庐州大鼓、京东大鼓、湖北大鼓、广西大鼓等诸多种类。种类虽然繁多，但万变不离其宗，《隋唐英雄传》《薛云贵传奇》《封神演义》《水浒传》《三国演义》《西游记》《施公案》《包公案》《粉妆楼》《济公传》《小五义》《林海雪原》等古代和现代的经典鼓书，依旧是各地艺人的保留曲目。越是经典的越是难说。有人说的比唱的还好听，一波三折，悬念丛生，听了还想听；但也有人说得枯淡寡味，听一遍就够了。鼓书艺人因此讲究师承，就算学出了师，单独走村串户了，仍要仰仗师傅的名头，打自己的旗号。朱师傅是和谁学的呢？问他的师承，只是笑：“人穷当街卖艺，虎饿拦路伤人。佬（我）一个穷人，哪拜得起师傅？佬（我）是跟庄王学的。”

庄王，即“击鼓化民”的周庄王姬佗，鼓书艺人都供他为祖师。据说东周时期，周桓王的长子周庄王姬佗继位后，狼烟四起，叛臣作乱，围困了四门，四大丞相梅子清（一说梅自清）、青云峰（一说清峰亭）、赵恒利、胡鹏飞（一说胡凤境）跪于金殿前要求守城退敌。经庄王同意，四丞相到城头各守一门，仅凭三寸不烂之舌，竟说得叛军卷旗撤退。庄王大悦，让四丞

说书艺人　　摄影 / 孔令军

养蜂人　　　　摄影 / 周曼雄

相大兴教化，允许他们传徒授艺。四丞相不负所托，三年共收得三千六百劝善之士，由此产生了“梅、清、胡、赵”四大门派。朱师傅算是哪一派呢？因为没有师傅，自然无门无派，对此，他还有一套自己的说辞：“庄王那会倡导击鼓化民，佬们（我们）这会唱大鼓，也是正风化俗啊。要我港（讲），佬们（我们）都是现代派……”真真假假，亦真亦假。牌楼人听了只是笑，分不清哪一句是真，哪一句是假。这个能说会唱的人，就是一个谜，谁也摸不清他的底。

鼓书艺人虽然抽的是百家烟，吃的是百家饭，也受人尊重，但和算命先生一样，鼓书艺人的收入并不高，出一趟远门，勉强能管一个人一个月精打细算的生活开销。善于“消灾”的算命先生偶尔还能发一笔横财，鼓书艺人却没有这样的机会。记忆里，朱师傅一直住在桃花庵里，一个人，一直住到死。他虽然没有媳妇，“相好的”似乎不少，乡亲们闲时拿他打趣，他死活不认，只是笑，“你看到啦？那你港（讲），我和谁好？”乡亲们只好跟着讪笑。乡村是个熟人社会，除非捉奸在床，这种捕风捉影的事情是不能乱猜，更不能乱说的。

朱师傅死于脑溢血，终年应该在六十七岁左右。“应该”只是我的推算，有一次他说自己属鼠，另一次又说自己属兔，最大的可能，是他并不知道自己的生肖。这不奇怪，牌楼也有一些老人不清楚自己的岁数。他死后，老队长在枕头下面的稻草里翻出了几团皱巴巴的钞票，捋平了，一张张地数，总共四百七十九元五角。一生的积蓄只够买一口棺材，兔死狐悲，风烛残年的老队长颤抖着，热泪横流。老队长便做主，买了棺，入了殓，抬上巢山，放了一挂鞭炮，埋掉了。

折一把纸扇，着上一身青衫；
紫砂壶壮胆，拍案满堂惊叹。
昨日的史诗，还残留些波澜；
今天的历史，只能话说两端。
春秋早已逝，谁管天道好坏；
墨书的梁子，血泪代代传。
说不完这人间沧桑，
道不尽生死笑忘。

——《说书人》

在朱师傅之前，来牌楼说书的，一直是吴师傅。吴师傅说书很有些名气，他的名气不在于会说，在于会记。他自幼双目失明，父母早亡，跛子堂叔可怜他，留在身边，拉扯成人。他原本可以加入盲派（算命先生），但盲派也有盲派的规矩，要拜师，照顾师傅要事无巨细。盲人照顾盲人，哪里会没有闪失呢？徒弟因此经常要挨师傅的打。学艺过程中的责打，更是家常便饭。算命先生眼睛看不见，下手便不知轻重，小徒弟经常被打得鼻青脸肿。瞎子也是娘生的，乡亲们见了都很心疼，“又驼打（挨打）啦？”小徒弟自然不敢吱声，做师傅的却很坦然：“瞎子可怜咯，自己摔的……”自然不是摔的，乡亲们心知肚明，却不好再指责算命先生。算命也是一个饭碗，跛子堂叔却舍不得，头摇得像拨浪鼓。跛子堂叔是个老光棍，一面抽烟一面咳咳咳，盛夏时节，肋骨一根根凸出来，手臂细而长，像算命先生手里的棍子。好在天无绝人之路，除了算命，盲眼人还有“说书”这门营生。每次说书前，他都请人将书通读一遍，他记性超好，只听一次，便记住了。《穆桂英挂帅》《唐史演义》《包青天》《济公传》之类的，他都是这样学会的。

吴师傅喜欢说唱各朝各代的历史人物，如包青天、佘老太君、金兀术、樊梨花、李世民、武媚娘、杨宗保等，包青天他说的最好，大家也最爱听，尤其是这一段：王逵盘剥百姓，滥用酷刑，百姓惨遭杀戮，终于激起民变。包青天七次弹劾王逵，朝野震动，最终王逵被罢免。这一节大家百听不厌，每一次，大家都激动地站起来，像城里人看球一样拍手叫好。有一次，老康还专门放了一挂鞭炮。

吴师傅总是正月里来，穿着一身黑棉袄，拢着脏兮兮的袖子，半盲的小徒弟在前面拎着大鼓，一路走，一路自言自语。其实他也不是自言自语，是提醒走在后面的师傅。有一年正月，少见的连阴雨，小徒弟在五叔门前重重地摔了一跤，吴师傅一伸手，没承想也滑倒了。小徒弟到底机灵些，仅仅受了点皮外伤，只是摔破了一面牛皮鼓。倒是吴师傅的左腿伤得重，划出了一道几厘米长的血口子。乡下，缺医少药惯了，五叔将吴师傅扶进屋，用破棉絮蘸着烧酒，让小徒弟替他按摩。吴师傅疼得脸上的肌肉都向上扯着，嘶、嘶、嘶，两只深陷的眼窝也跟着扯动。按摩完了，咚咚咚，吴师傅又像往常一样敲起了大鼓，远远近近的乡亲早已经聚拢了过来，有站着的，有坐着的，有抱着孩子的，都在眼巴巴地等着吴师傅。咚咚咚，咚咚咚，又是一阵急鼓，吴师傅开始说书：“各位乡亲听我港（讲），根子晚上（今天晚上）说庄王。周庄王，十五年，害了病，倒掉子（驾崩），臣下慌忙请太子……”吴师傅说完了，大家仍不愿意离开，“再港（讲）一会”“再港（讲）一会，港（讲）完咯！”完全忘记了吴师傅的腿伤，也忘记冬夜已经很深了。最后还是五叔解了围。将近凌晨一点，吴师傅才跛着脚，扶着小徒弟，消失在浓墨一样厚重的夜色里。

五叔和老康一样也是“鼓书迷”，大鼓一响，五叔的魂就飞走了。五叔晚年经常和我说“桃园三结义”，和刘关张相比，五叔更敬重常山赵子龙：“单枪匹马，战袍血染（读如‘软’），于千万人中救出了阿斗……”我静静地听着，笑着，从不争辩。五叔没有念过一天书，他是听了一遍又一遍，记住了鼓书中的人物、故事和情节。五叔是一个简单的人，是鼓书艺人用三寸不烂之舌，改变了他的价值观和世界观。他笃信真善美，不肯杀生，路上碰见蚂蚁要么止步，要么绕行。五叔享年六十一岁，没有出过一次远门，他的远方，在平畴尽头，白荡湖边。

离开牌楼之后，我没有机缘再听大鼓书，却不料，竟有一次邂逅。

咚咚锵，咚咚锵。是在皖南山区一条僻静的省道旁边，远远地，突然传来说书人的鼓点，仔细听，分明是《三国演义》，字正腔圆：“一治一乱圣人留，争名夺利几时休？汉高祖灭秦楚龙争虎斗，传留到汉献帝三国分头；曹孟德占天时人称魁首，吴孙权得地利驾坐龙楼；汉刘备占人和舍命交友，只落得没有个安身地，四海漂流。”我立即停车，跨过护栏，循声去寻久违的鼓点。暮色垂降，暮霭里的远山像一幅静物。田野里，水渠边，萤火虫举着鹅黄色的火把，仿佛回到了童年。我深一脚浅一脚，终于找到一处水口，又寻得一座古戏台。戏台下人挤人，乱糟糟的，周遭水泄不通。高高的戏台中央，一只雪亮的白炽灯兀自亮着，一万只蚊蝇和飞蛾在白炽灯周围热舞，嗡嗡嗡。一个穿汗衫的圆脸汉子坐在白炽灯下面，时而摇头晃脑地说唱，时而聚精会神地击鼓，热气蒸腾。谁也没有注意到，身边多了一个陌生人。

他唱的是什么呢？我听清楚了，字正腔圆：“酒是穿肠毒药，色是刮骨钢刀，财是惹祸根苗，气是雷烟火炮。酒色财气一堵墙，高人俱在里面藏，有人跳出墙边外，便是人间不老方。”熟悉的道具，熟悉的场景，却不是我熟悉的大鼓书。问题究竟出在哪呢？悻悻然地驶上归途，我猛然间醒悟，他是用普通话说唱的，虽然并不标准，但已经不是方言。更重要的原因可能还在于，他是从市场中摸爬滚打出来的，懂得与时俱进，“老掉牙”的鼓书经典于是成了心灵鸡汤，成了流行文化的一部分。不再操持方言的鼓书艺人成了巧舌如簧的“段子手”，贩卖廉价的价值观，荒漠一样贫瘠的乡村，成了他们纵横驰骋的江湖。

那是我最后一次听大鼓书。和童年一样，大鼓书离我已经很远了，但我时常还能想起朱师傅和吴师傅，他们的方言土得掉渣，像是在泥水里洗刷过一遍。现在，我一面用文字记录他们的说唱，一面回味牌楼的方言。真是羞愧啊！我是一个背叛家乡的游子，人到中年，我还会说的家乡话大约只剩三分之一，其中还有一部分不知道所指与能指。方言是血脉里的路标，是人与生俱来的另一重身份。浮游于异乡，我时常失语，前不知去路，后不见归途。

漫游的灯盏

夏日的午后，阳光如瀑，蝉声如雨。狗卧在桌子下面，蜷在门槛石旁边，趴在树荫里，眯着眼睛，猩红的舌头吞吐着，呼，呼，呼。鸡，若有所思地踱着方步，仿佛刚刚睡醒，忽又扑棱着翅膀，低低地翘起来，像即将起飞的滑翔机。这是牌楼少有的闲适时刻，大人要么就在午睡，要么就光着膀子，三三两两地坐在风口，喝茶，抽烟，回忆去年腊月的一场麻将，“我是讲出两万唉，结果出鬼了，抽出了五万……”还在懊恼着，一手好牌打得稀烂。媳妇们自发形成另一个圈子，她们聚在树荫下面，一面奶着孩子，一面有一搭没一搭地扯着闲篇。扯着扯着就有人爆笑，就有人红了脸，就有人作势要打，对方身子一扭，机警地躲开了，于是站起来，一跺脚，佯装生气。我们大多泡在水里，泡得五指发白，掌心里的皮肤都皱了，像蒙着一层皮……忽然，叮，叮，叮，清脆的铃声从密集的蝉声里穿过来，“看咯，算命的陆先生来了。”探头一望，果然是算命的陆先生。

木匠，瓦匠，铁匠，石匠，裁缝，剃头的……民间艺人的尊称大多是师傅，到了算命的这儿，规格提高了，成了先生。教书先生，账房先生，算命先生。先生都是有文化的人。算命先生自食其力，眼睛看不见，仅凭一个生日，便能掐出八字，算准寿命，预知吉凶，太神奇了！乡亲们对算命先生的尊敬发自内心。

来的是一对夫妻。明眼的妻子走在前面，矮而瘦，看不出年龄，机械地牵着拇指粗的竹棍，走几步，扣一下手里的小铜铃；盲眼的丈夫就是算命的陆先生，五十岁的样子，悬着一张古铜色的脸，左手抓着竹棍，右手慢吞吞地探着拐杖，起脚落脚都很小心。我们不太敢看他的脸。那是一张被命运抛弃的孤绝的脸——眉骨耸立，眼窝深陷，一左一右，塌成了两个半圆。“子丑寅卯辰巳午未申酉戌亥……”好在掐八字的时候，他的脸色是活泼泼的，嘴里念念有词，深陷的眼窝蓄满了慈爱，笑容慢慢爬上来，“……此命为人操劳，白手起家，龙虎马牛不可配……初限二十三四至二十八九有好运，犹如枯木逢了春。中限四十九有险。四十开外，旧镜重磨，明月正圆，五十六七交大运……寿元七十七，二子送老，卒于六月之中。”

上帝关上一扇门，必会打开一扇窗。陆先生眼睛看不见，但记忆力超群。算命之余，他有时会即兴说一段书，《三国演义》《隋唐演义》《穆桂英挂帅》，没有他不会的，而且说得惟妙惟肖，声情并茂。他天生目盲，说书是从收音机里听来的。尤其令乡亲们叹服的是，每次说书他都戛然而止，站起来，干巴巴地笑一笑，象征性地弯一弯腰，几个月之后再来，竟又接着往下说："上回我说到，孔明故意躲起来，就是不见刘玄德，却是为何？……"乡亲们面面相觑，"三顾茅庐"之后的乱世，又续上了。

来算命的，主要是病人、妇女和老人。事主报过生日之后，陆先生照例要先算事主兄弟姐妹的个数，这是一个算命先生的基本功，陆先生一算一个准。事主暗自吃惊，惊了也不显山露水，心里已经信了他三分。围观的乡亲互相递着眼色，竖着大拇指，点着头，脸上堆满了膜拜的神情。算命的时候，懵懂的孩童只能带着耳朵听，如果随意插话，回家势必要挨一顿打。算命是有口诀的。有一个长诀，若是老人来求医问寿，陆先生就成了旧私塾里的老先生，将长诀从头到尾摇头晃脑地念一遍，念之前还提醒说，你这个啊，听好了——

子时血气正朝心，人睡如同命归阴，
肺乃相传之宫于，以行诸脏腑气精；
丑时不宜伤天空，天空血是正当中，
若还天空伤重了，纵有妙药难回宫；
寅时气血流大东，耳根受伤出七孔，
七孔流血牙关闭，心惊肉跳命归阴；
卯时气血在丹田，肚角分脐共相连，
此穴受伤若不医，手重七日轻半年；

辰时气血入凤翅，只怕反手击勾黎，
受伤半月发咳嗽，久咳失音医就迟；
……
亥时气血在边床，有伤之人面代黄，
跌打一步都难走，十二精中选妙方。

念这个长诀时，陆先生毫不避讳，时间一长，我们都能从头背到尾。算兄弟姐妹个数的口诀很简单：“子午卯酉弟兄多，寅申亥三两个，辰戌丑未独一个。”成年之后，我仔细推敲过这个口诀，结果如梦方醒。这个口诀的弹性太大了，如果算不准，那一定是事主记错了自己的时辰。算命的都给自己留足了腾挪的空间，更何况，来算命的，都是信命的人。

孔子曰：“不知命，无以为君子也。”什么是命呢？陆先生笑而不语。守在陆先生旁边，始终一言不发的老妻忽然嘀咕了一句：“认命，认命，你认了，那就是命。”陆先生猛然拎起拐杖，老妻身子一抖，陆先生的脸上浮着笑，手里的拐杖又轻轻地放下了。

算命是一门神秘的玄学，理论依据是“阴阳五行”。“阴阳五行”是中国古代朴素唯物哲学的核心。阴阳，是指世界上一切事物中都具有的两种既互相对立又互相联系的力量；五行是由“木、火、土、金、水”五种基本物质的运行和变化所构成，它强调整体概念。阴阳与五行两大学说的合流，形成了中国传统思维的框架，也是算命得以成为一门玄学的根基。狭义的算命就是对人生辰八字的预测，广义的算命则包含紫微斗数、面相手相、八卦六爻、奇门遁甲、地理风水等，古代的占卜、青乌术、筮法都属于算命的范畴。算命在中国的起源，有据可考的可追溯到伏羲氏，之后便是著名的“周文王演八卦”，千百年来，经过不断完善与发展，已经植根中国大地，经久不衰，显示出了强大的生命力。唐宋两朝是中国古代社会政治经济文化的巅峰，上层社会中形成了以算命为雅谈的风气，明朝此风有增无减，明人宋濂在《禄命辨》中说：“近世大儒于禄命家，无不嗜谈而乐道之者。”甚至到了“士大夫人人能讲，日日去讲，又有大谈他人命者……”的程度，各种命理学著作随之大量付梓、充斥书肆，使得时人有了“自学成才”的入门途径，交流研讨命理成为士大夫们茶余饭后继琴棋书画的又一文雅之事。影响尤为深远的是，由唐至明，命理学热潮由上层社会下移到民间且势头更猛，进而形成了举朝皆迷命理的浓厚民风，染化得平民百姓皆谙命理学，渐成一代风尚。到了清朝尤其是晚清，作为一门职业的算命术开始泥沙俱下，鱼龙混杂，江湖术士会几招花拳绣腿，哗众取宠，极尽标榜吹嘘之能事，名为行走江湖，实则招摇撞骗。

批阴阳断五行，看掌中日月；测风水勘六合，拿袖中乾坤。在民间，走村串户帮人算命的，都是盲人，这是一个独立的命理预测派系，称为盲派。盲派算命的先师据传是鬼谷子，他看到盲人生存艰难，便把自己研习出来的一套算命术传给了盲人，并立下规矩：盲派算命术，不传明眼人。算命于是成为盲人世代相传的职业。和那些纯粹为了谋一个饭碗，七八岁就投在袁天师门下的盲童相比，陆先生是半路出家被动加入盲派的，他是袁天师晚年唯一的关门弟子。每年腊月，袁天师都要在牌楼住十几天，卜寿辰，占凶吉，测姻缘，一天也不得闲。老人都信袁天师，在牌楼，在万桥，在杏庄，在桃花，袁天师就是神仙和菩萨的代名词，在种种神话般的传闻中，以“生死符”和“摸骨”最为知名。事主或多或少都有不顺心的事情，算命的目的是“避太岁”“躲灾星”，但怎样才能避太岁、躲灾星呢？这就要靠算命先生指点迷津了。指点迷津需要额外收费，尤其是遇上血光之灾的，事主更要舍得钱财。奇怪的是，几乎每一次算命，事主如果不是命犯太岁，那就是遇到各种各样的“灾星”，不是明年遇到就是后年遇到，不是后年遇到，那某一年“飞都飞不掉”！这“飞都飞不掉”的一年，男的七十三岁，女的六十四岁。“男怕七十三，女怕六十四。”在牌楼人看来，七十三（男）和六十四（女）是命里的一道坎，要是不幸遇上了劫数，“不死也要揭层皮”，麻烦大了。

袁天师少不了也要帮人“避太岁”“躲灾星”，他的方法是指蘸朱砂，在一张四方四正的黄纸上画符。所谓的符，就是十几道粗细不均的线条，那些盘结的线条宛如天书，谁也不知道究竟意味着什么。也正因为看不懂，算命先生的符咒才有了一个俗称叫“鬼画符”。事主接过符咒之后要焚香祭拜，事主拜罢天师拜：某某家门不幸求解，愿供一年香火钱，如果可以解，请发上上卦。何谓上上卦？就是将爻杯（占卜的工具，一正一反，合起来像牛角）丢在地上，一正一反就是上上卦。一正一反的概率是二分之一，如果不是上上卦该怎么办呢？好办，“灾大，难解，得加香火钱啊……”事主此时哪敢有二话，天师于是再打一卦，如果还是不行，香火钱还得继续加码。如是者三。如果第三次仍然打不出上上卦（这个概率是八分之一），那就是不能解了，天师会说：“再多的香火钱都不照，我解不了呀！”

这只是普通的符咒。“生死符”是专门画给病人的，据说有起死回生之效。杏枝大娘每年都找天师算命，一直算到老，她一来，大家都咧着嘴笑。天师眼睛看不见，耳朵却很灵敏，于是跟着大家一起笑，笑完了，又说：“你还算么东西呢？你哪样都好……”谁也没有料到，“哪样都好”的杏枝大娘刚刚过完七十大寿，突然就病倒了，背到志友诊所，朱志友却束手无策，一个劲地摇头。那是食道里面的毛病，朱志友高低没敢动手。牌楼人看病都找朱志友，要是连朱志友都看不好，那等于被判了死刑。老伴傻了，坐在门槛石上发愣，不吃，也不喝。倒是杏枝大娘安慰老伴，说：“我得了这号病，天师肯定晓得，不晓得他可有什么法子救？他要是也救不了，那就是轮到我死。死，我也能死了，黄泉路上无老少，总有人先走，有人后走啊……”老伴一拍脑袋，二话没说就从门前消失了，第二天天麻麻亮，终于请回了“生死符”。杏枝大娘枕着“生死符”躺了半年，死过两回，第一回连老衣都穿好了，一帮人正在山上挖墓穴呢，杏枝大娘竟又活了过来。“好多鬼啊，都来拽我……”活过来的杏枝大娘无视大家的惊骇，她神情祥和，面容平静，宛如一面刚刚出土的铜镜。奇迹没有再次发生，临终之前的杏枝大娘，就剩下一把嶙峋的老骨头。

杏枝大娘死而复生的消息不胫而走，方圆数里的老人自此都笃信“生死符”。但“生死符”也不是每个人都能请到的，要价也高，究竟要多少，这是天机，谁也不敢轻易泄漏。

有一年，在长沙市郊的一家土菜馆里，我遇到一位自称“打青城山而来”的麻衣道士，他跟了我很久，坚持要给我免费看手相。我拒绝了。年方而立，血气方刚，我还没有来得及思考人生与命运，也对这些“歪门邪道”持有本能的排斥。如今，人到中年，我方确信，看手相并非故弄玄虚，按照中医的理论，身体各方面的状况都能从手和脸上体现出来。我同样确信，命运始终是一种客观存在，是困扰人生的大问题，它处在可知与不可知之间，无论是生活、婚姻还是事业，都有外在的非人力可控的偶然性因素。如何重视这种偶然性，在偶然性中建立属于自己的必然性，那就是所谓的“安身立命”。

那一回，当麻衣道士失望而去，我忽然想起会摸骨的袁天师。袁天师摸过很多孩子的骨，抱在怀里的，蹒跚学步的，刚刚入学发蒙的，但摸过也就摸过了，不多说一个字。只有瞎子贵是个例外。瞎子贵天生目盲，大门不出二门不迈，半导体收音机从不离手，安安静静地坐在家里，像个单薄的影子。瞎子贵的奶奶都快愁死了，六十岁不到，头发就白成了一蓬雪，逢人就念叨，这可怎么好呢？这可怎么好呢？不能养他一辈子……乡亲们看不过去，只好拐弯抹角地劝说，世上瞎子也多哦！袁天师，不活得好好的吗？有的吃，有的喝，还讨过两房老婆……瞎子贵的奶奶如梦方醒，牵着瞎子贵就去找袁天师。袁天师摸过瞎子贵的颅骨和手掌之后，笑容忽然瓷在脸上，好半晌之后，才说："这孩子，天生就是个算命的。你若信得过，就交给我吧……"瞎子贵的奶奶大喜过望，二话没说就跪了下来。

瞎子贵大名陆子贵，就是后来的陆先生。当瞎子贵不再是瞎子贵而是陆先生的时候，袁天师已经关门闭户，不久之后便离世了。离世之后的袁天师终于跌下了神坛，他是半路瞎的，算命之前，是个看风水、勘阴穴的道士。更让大家无法接受的是，天师居然是半夜起来倒尿壶，在雨季潮湿的门槛上跌死的。陆先生虽然继承了袁天师的衣钵，但他坚持只算命，不摸骨，不画符，"摸什么骨？画什么符？命里有的你就有，命里壳的你就无……"陆先生和袁天师都是贵池人，"壳"是贵池方言，没有的意思，读第二声，是不是这个"壳"字，很多当地人也拿不准。贵池和牌楼隔江相望，每天只有一班轮渡，又因为天气不好风高浪急经常停开，两地往来极不方便。这也是盲派一条约定俗成的规矩，算命先生走村串户，吃的是百家饭，但他们只在外乡讨生活，不在家门口算命，更不给自己和家人算命。

陆先生到牌楼的那些年，老人们像当初迷信袁天师一样迷信陆先生，要是陆先生几个月没来，老人们的心里就不踏实，惦记着，念叨着，眼巴巴地望着，没病的，竟就望出了病来。当然是心病，陆先生一来，病就自愈了，云淡风轻。明眼人盲目地依赖，像信教一样虔诚。那是二十世纪八十年代中叶，宗教还没有进入乡村，走村串户的算命先生就是一座移动的教堂，佛陀一样布道，荷马一样行吟，抚慰着一颗颗孤寂的心灵。他们既信了命由天定，便也信了因果报应，又因为害怕因果报应，便对生死，对天地，对世间万物，都持有一颗敬畏之心。

仰无愧于天，俯不怍于人。举头三尺有神明。生而为人，当有一颗敬畏心。人若对万事万物都失去了敬畏，将是一件既危险又可怕的事情。

我自幼体弱，十岁那年，母亲请陆先生给我算过一次命，避灾星、防太岁、远小人之类的我都忘了，只记得陆先生照八字掐了我的寿命，那么笃定。如今，三十多年过去，当年那个遥遥无期的年岁正在一天天向我逼近，冥冥之中，它成了一把高悬的利剑，让我学会了珍惜，也学会了感恩。离开牌楼之后，我再没有见过陆先生，但他一直活在我的记忆里，像风中一盏漫游的灯，如豆的火焰，照亮了那些在地上匍匐的人。

远去的花神

我的一天，是从一杯蜂蜜水开始的。每天清晨，我起床之后的第一件事总是烧水，并且就在灶台边候着，像一头饥渴的老牛，急不可耐地等着那一杯续命的蜂蜜水。偶尔也有等不及的时候，接下来的一天，我就像一个毒瘾发作的瘾君子，神思恍惚，总是提不起精神来。

蜂蜜有很多种，一般根据蜜源来划分，常见的春季蜜种有槐花蜜，水白透明，质地浓稠，不易结晶，具有清热、祛湿、利尿、止血之功效；紫云英蜜，又叫红花草蜜，是我国南方春季特有的蜜种，浅琥珀色，甜而不腻，具有清热解毒、祛风明目、消肿利尿的特殊功效，对风痰咳嗽、喉痛、火眼痔疮也有辅助疗效；荔枝蜜是岭南特有的蜜种，芳香馥郁，味甘甜，微带荔枝果酸味，有特殊的生津、益血、理气、润燥之功效；

百花蜜汇百花之精华，清香甜润，营养滋补，是传统的蜂蜜品种。比较稀有的是椴树蜜和桂花蜜。椴树蜜是东北的蜜种，养胃补虚，据说还有一定的镇静作用，颇受欧洲人青睐；桂花蜜采自深山老林冬天开花泌蜜的野桂花，香气馥郁温馨，味道清爽鲜洁，被誉为“蜜中之王”，在古代是皇宫的贡品。还有一些蜜种本身是药材，比如黄芪蜜和五倍子蜜，更稀有，不要说吃了，一般人估计连见都没有见过。

蜂蜜是大众的补品。除了温水冲服，我经常直接吃蜂蜜。好蜜入口，甜里带着一丝苦尾子，植物特有的香气在口腔里弥漫开来，仿佛含着一小片草地——那是春天的草地，草叶上还滚落着晶莹的露珠，旭日如婴，奋力跃出醒来的山巅。但市场上出售的好蜜少，纯天然的野蜂蜜更稀有。有一年春节，老孔送我两瓶野蜂蜜，我大喜过望，二话没说就收了下来。我向来信奉“君子之交淡如水”，但老孔的野蜂蜜，我无法拒绝。老孔嗜蜜如命，那些野蜂蜜是他费尽周折，下足血本，从闽南山区一个林场里买来的。那是真正的野蜂蜜，淡黄色，甜而不腻。我送了一瓶给父亲。父亲将信将疑地看着装蜂蜜的塑料瓶（蜂蜜要用玻璃器皿保存），又拧开盖子闻了闻，眼睛慢慢地亮了，孩子一样笑了起来，比我还要欢喜。

蜂蜜是老年人的牛奶。父亲生前爱喝槐花蜜，早一杯，晚一杯，常年如此。每次去看父亲，我总要看看他的蜜罐子，父亲也总要和我开玩笑：“看么东西呢？又不给我买，呵呵……”父亲晚年行动不便，蜜罐子快要见底时，他便给大姐打电话，指定购买某个牌子。那个牌子的槐花蜜我喝过一次，口感偏甜，余味中带着涩，嗅觉上也没有槐花那种软糯的香气。好蜜是没有涩味的，有的只是草本淡淡的苦味。愈是好蜜，气息愈是清冽，有些嗅觉发达的人，还能闻出百花蜜复杂的蜜源。2014 年暮春，我在仙源老街遇到一个养蜂的老人。老人已经不养蜂了，守着一爿蜂蜜店，靠在躺椅上守株待兔。我进店时，店里没有开灯，老人从躺椅上缓缓地偏过脑袋—像一个从幽暗中浮现出来的鬼魂—光秃发亮的头顶，不多的几缕白发趴在脑袋两边。货柜里陈列的几十瓶蜂蜜都很普通，我来回看了两遍，很失望，转身欲走，老人轻轻地咳嗽了一声：“可是想买好蜜？”我扭头一看，老人已经从躺椅上欠起身来：“我有一罐好蜜，你看看。”老人一边说一边转到货柜后面，喜滋滋地抱出一个椭圆形的玻璃瓶子。我愣住了，那是江淮地区的百花蜜，醇厚的琥珀色，天光下，像一团凝结的翡翠。“你闻闻。”老人旋开瓶口上的封盖，我饱吸了一大口，一股清新的雨后山野的气息扑鼻而来。“这蜜，至少有四种花粉在里头。槐花、油菜花、红花草，还有一种香味你可能闻得出来？”老人笑眯眯地站在我的旁边，我耸着鼻子，使劲闻了两次，终究无法识别。“你再闻闻，可有豌豆花的味道？”老人迫不及待地看着我，我恍然大悟，立马躬身向老人作揖请教。孰料老人却摇了摇头，“我养了十几年中华蜂，什么味道闻不出来？要说，我真说不好……”老人说的倒也是实情，嗅觉和味觉一样只能意会，无法言传。

受气候条件限制，江淮地区同期开花的花木种类很有限，采自四种蜜源的百花蜜因此也非常罕见。物以稀为贵。老人珍藏的那一瓶好蜜虽然只有三斤多，但他出价两千元，不还价，不零卖。我没有那么多现金，老人却不肯商量，“这蜜，你买不到的，任你去哪也买不到……”老人说着说着又回到了躺椅上，瞬间竟起了轻微的鼾声。我几乎不相信自己的眼睛，于是试探着问：“老人家，您高寿啊？”

鼾声止住了，老人用手指写出一个数字“8”，片刻之后，又写出一个数字“9”，我大吃一惊，如履薄冰地退到了店外——那不是蜂蜜店，是一座神庙，而我，是一个冲撞了神灵的冒失鬼。

据说，前苏联生物学家尼古拉·齐金曾给全国两百位百岁老人写信，调查他们长寿的原因，结果发现了一个惊人的现象：这些长寿者中，有一百四十三位是养蜂人，还有三十四人曾经养过蜂，经过反复研究和分析，尼古拉·齐金率先提出了“养蜂人长寿”的观点。无独有偶，英美两国的两位医生在经过调查核实后发现，养蜂人中几乎没有患过癌症的，而一位恶性淋巴瘤的患者，为了增加生活情趣，在养了一段时间的蜜蜂后，身上的癌细胞竟然神奇地消失了。养蜂人长寿的例子国内外比比皆是。蜂蜜的主要成分是单糖类的果糖和葡萄糖，可以被人体直接吸收，还含有多种维生素、酶、常量和微量元素、有机酸、氨基酸、激素等一百八十多种不同的物质。

二十世纪八十年代，小学三年级，我第一次见到养蜂人，一对来自河北的中年夫妇。妻子戴着草帽，草帽四边缀着一圈黑纱巾，胳膊上套着护袖，看上去很像吉普赛人。丈夫黝黑的胳膊覆满浓密的汗毛，裸在外面，草帽四边也没有纱巾。后来我们才知道他姓水，“喝水的水”，我们都好奇于这样的怪姓。夫妇俩的帐篷紧邻巢山小学围墙，围墙外是沿着山麓绵延而来的一片槐树林。四月，槐花开了，沁人心脾的槐花香涨满了山麓、学校和田埂。那段时间，课间、放学，我和几个小伙伴总要翻过围墙，看槐树林边几十个一字排开的蜂箱，勤劳的小蜜蜂嗡嗡嗡，成群结队，在蜂箱周边不知疲倦地盘旋。“穿花度柳飞如箭，粘絮寻香似落星。小小微躯能负重，嚣嚣薄翅会乘风。”（吴承恩《咏蜂》）蜂蜜吃起来甜，酿造的过程却很苦。大风天，蜜蜂飞起来费劲，采蜜效率低；下雨天，蜜蜂干脆罢工，花朵也会提前萎谢。冬季工蜂的寿命只有三个月，在采蜜最繁忙的季节，寿命只有二十几天。低温和农药更是灭顶之灾，低温难以避免，致命的农药有的是误打，有的却是遇到了恶人。人生地不熟的，夫妇俩只能忍气吞声，躲在帐篷里，抱头痛哭。

都说渔民苦，其实养蜂人更苦。养蜂人一年四季在外奔波，风餐露宿，常年无休。和牧马人一样，夫妇俩逐花而居，在巢山安营扎寨二十天之后，又收起帐篷，带着上万只小蜜蜂一路南下，在皖南和婺源一带驻留一个多月。古徽州成片的油菜花，是蜜蜂最喜欢的蜜源。为了采到无污染的好蜜，夫妇俩经常钻深山，穿老林。有一次，刚扎好帐篷，就遇上泥石流，人逃了出来，蜂箱全毁了。更凶险的遭遇，是一次擦肩而过的车祸。真是命大啊！车子和蜂箱全都散了架，开车的水师傅受了一点皮外伤，副驾驶室里的妻子死里逃生，肋骨骨折、髌骨骨折、腿骨骨折，肺部挫伤，导致胸腔积液，在重症监护室里住了二十天……每次聊起这些，听的人唬得一惊一乍，水师傅心有余悸地笑着，手里端着一碗面。他是我见过的最喜欢吃面的人，每次都要吃两大碗，坐在槐树根上，呼噜呼噜，吃完了，抹抹嘴。这时候，瘸腿的妻子总要出来接走他的碗，他满足地笑着，打出一个响亮的饱嗝。

牌楼的挂面很好吃，每年腊月，家家户户都要做挂面。挂面有的宽而扁，有的细若发丝，一卷卷搭在竹竿上晾晒，清风徐来，水波一样荡漾。从远处看，像是一张张白纸。夫妇俩每次来，扎好帐篷，摆好蜂箱，妻子就挨家挨户地找人换挂面。他们吃得很简单，煤球炉子上的钢精锅突突突，不是熬稀饭，就是烧开水，下挂面。牌楼人办喜事，照例要请水师傅，水师傅感激地应承着，却很少来。他走不开。车祸之后的妻子瘸了一条腿，不能负累，他揽下了所有的体力活，蜜蜂终日忙碌，他也没有多少空闲。他是真能吃苦耐劳啊，一个人，埋着头，牯牛一样，从天亮默默地忙到天黑。

有一年，夫妇俩的帐篷从山东搬过来，帐篷旁边摆着十几个装满蜜脾的蜂箱，蜜脾里是还没有来得及加工的蜂蜜，一股植物的香气源源不断地渗出来。见我们迟迟不散，围着蜂箱打转，水师傅便割掉蜜脾上的蜜盖，将蜜脾放进摇蜜桶里快速摇动，晶莹剔透的蜂蜜很快便被甩了出来。那是我第一次吃到野生的荆条花蜜，入口有一股清香，微酸，绵软，余味悠长。多年之后，那一股清香依旧盘在我的舌尖上。我迷恋那一股清香，每一次回味，都像回到久违的故乡。

久违的故乡如今已面目全非。春天里，野花开，养蜂人不见了，蜜蜂兀自嗡嗡嗡。平畴清寂，荷锄的农人也不见了，野旷天低树，雀鸟翔集。

蜜脾一点香先透，万斛醍醐总不如。蜂蜜是蜜蜂赐予我们的美食，每一口好蜜，都是精美的馈赠。蜜蜂虽然寿命短暂，但终生劳碌，甚至在劳碌中献身，这是一种积极的生活态度，更是一种非凡的人生境界。每每吃到一口好蜜，我总对平凡的生活充满感恩，并对那勤劳的小生灵肃然起敬。每每吃到一口好蜜，我总会想起那些风餐露宿的养蜂人。他们逐花而居，是大地深处最美的花神。

后记：人与村俱老

这是一本向民间艺人致敬的书。

剃头的，弹棉花的，修伞的，木匠，瓦匠，铁匠，铜匠，裁缝……这些活跃于二十世纪七八十年代的民间艺人，在我的脑海里挥之不去。每一次写，我都像穿越时光隧道，回到童年的牌楼。皖江北岸，那个人丁兴旺、六畜祥和的小村已经消失了，一批又一批年轻人背井离乡，他们从小村出发，再也没有回来……还在牌楼留守的，只有七个老人、四个妇女、两个病人和两个学龄前儿童。往昔那种大家庭式的乡村生活，很难再有了。

一座座村庄从大地上消失。冯骥才先生曾援引过这样一个官方数据：2000 年至 2010 年十年间，中国总共消失了 90 万个自然村，“比较妥当的说法是，每天消失 80 至 100 个村落”。更让人忧心的，还是乡村文化的消亡，农耕文明的退场，以及民间艺人的走失，正是那些远逝的背影，带走了乡村的生机与希望。旧时的乡村是个相对封闭的熟人社会，那些走村入户、知书识礼的民间艺人，在一定范围内启悟着乡村，是乡村的灵魂式人物。从某种意义上说，他们是乡土中国的“活化石”。

从前慢，一辈子只够练好一门手艺。我无写史的野心，却想为这些民间艺人立传——这些卑微的人，冬练三九，夏练三伏，呕心沥血，生命与手艺融为一体，留下一件件精美的艺术品。在他们身上，我一次次看到精益求精、一丝不苟的工匠精神。他们是一盏盏灯，微弱的光亮，辉映着乡村。

这些卑微的人，有的已经去往遥远的天国，一辈子的好手艺无人继承；有的不以物喜，不以己悲，在空巢里细数流年，安度余生；还有人只来过牌楼一两次，宛如匆匆过客，如今再无音讯……

没有记录就没有发生。人进中年，我时常想起那些从大地上走失的卑微的灵魂。我一次次纸上还乡，是慰藉，也是救赎。

我是一名新闻工作者，我看到的社会事件以及事件背后的真相，构成了一个庞大的素材库，它们既支撑了我的散文写作，也注定了我的写作姿态——新闻结束的地方，散文出发了。当然，散文写作自有其伦理，多年来，我始终秉持底层立场、多元视角、跨文体叙事的原则，既直面纷繁复杂的世相，也正视幽微深邃的人心。比较而言，我更喜欢有烟火气息的、有生命体验的散文，读这样的散文，能触摸到作者的呼吸、心跳和体温——我希望自己能写出这样的散文。

感谢黄山书社的慷慨支持，感谢亲爱的读者。写作是一件不知所往的事，因为你们，我一路写到了今天。

庚子年六月，合肥